ammann

Julio Ramón Ribeyro

Heimatlose Geschichten

Aus dem Spanischen übersetzt von
Anneliese Botond

Ammann Verlag

Die Originalausgabe erschien
unter dem Titel *Prosas apátridas*

Satz: Jung Satzcentrum GmbH, Lahnau
Druck: Offizin Andersen Nexö, Leipzig
ISBN 3-250-10161-3

Die Beute der nutzlosen Jahre,
die du so eifersüchtig gehütet,
verschwende sie nun: dir bleibt
der verzweifelte Triumph, alles
verloren zu haben.

R. Tagore

Vorbemerkung

Der Titel dieses Buches bedarf einer Erklärung. Es handelt sich dabei nicht, wie einige es verstanden haben, um Prosatexte eines Heimat- oder Vaterlandslosen oder eines Menschen, der sich als solchen betrachtet, ohne es zu sein. Es handelt sich zum einen um Texte, die in meinen schon veröffentlichten Büchern keinen Platz gefunden haben und die ohne Bestimmung und genaue Funktion unter meinen Papieren herumirrten. Zum andern handelt es sich um Texte, die keiner Gattung vollkommen angehören, da es weder Prosagedichte noch Seiten eines persönlichen Tagebuchs sind, noch Aufzeichnungen, die zu einer späteren Ausarbeitung bestimmt gewesen wären; jedenfalls schrieb ich sie nicht in dieser Absicht. Aus beiden Gründen betrachte ich sie als »heimatlos«, denn sie haben kein eigenes literarisches Territorium. Als ich sie in diesem Band versammelte, wollte ich sie vor der Vereinzelung retten, ihnen einen gemeinsamen Raum geben und ihnen, dank der Nachbarschaft und der Zahl, zur Existenz verhelfen. Ich verhehle nicht, daß ich, als ich diesen Entschluß faßte, Baudelaires *Spleen de Paris* vor Augen hatte. Nicht im Sinn anmaßenden Nacheiferns, sondern wegen des relativ »disparaten« Charakters der Sammlung und weil es sich dabei ebenfalls um ein

Buch handelt, das »à la fois tête et queu« ist, »alternativement et réciproquement«, wie der Dichter in seiner Widmung sagt, ein Buch also, das sich vom Anfang, von der Mitte und vom Ende her lesen läßt. Davon abgesehen, die meisten Texte wurden in Paris geschrieben, und wie im Werk des Dichters der *Fleurs du mal* kommt Paris namentlich oder als Hintergrund in vielen dieser Bruchstücke vor.

Paris, 1982

I

Wie viele Bücher, mein Gott, und wie wenig Zeit und wie wenig Lust, manchmal, sie zu lesen! Meine eigene Bibliothek, in der früher jedes neu aufgenommene Buch zuvor gelesen und verdaut wurde, ist verseucht von einer Fülle parasitärer Bücher, die oft wer weiß wie in sie hineingekommen sind und die kraft einer magnetisierenden und agglutinierenden Wirkung dazu beitragen, den Berg des Unlesbaren zu zementieren, darunter, verloren, die Bücher, die ich selber geschrieben habe. Was wird, ich sage nicht in hundert, sondern in zehn, zwanzig Jahren von all dem bleiben? Vielleicht nur die Autoren, die aus abgelebten Zeiten zu uns kommen, das halbe Dutzend Klassiker, die, oft ohne viel gelesen zu werden, dank einer Art elementaren Schwungkraft oder aufgrund erworbenen Rechts anmutig und robust durch die Jahrhunderte gehen. Die Bücher von Camus, von Gide, die vor knapp zwei Jahrzehnten so leidenschaftlich gelesen wurden, wen interessieren sie noch, obwohl sie mit soviel Liebe und aus so großer Bedrängnis geschrieben wurden? Warum wird man in hundert Jahren noch Quevedo lesen und nicht Jean-Paul Sartre? Warum François Villon und nicht Carlos Fuentes? Was muß man in ein Werk legen, um zu überdauern? Man ist versucht zu glauben, literarischer

Ruhm sei eine Lotterie und künstlerisches Fortleben ein Rätsel. Und trotzdem wird weiter geschrieben, veröffentlicht, gelesen, kommentiert. Eine Buchhandlung zu betreten, ist für jeden Schriftsteller grauenhaft und lähmend, sie ist wie das Vorzimmer des Vergessens: in ihren Holznischen schicken die Bücher sich an, ihren letzten Schlaf zu schlafen, oft bevor sie gelebt haben. Welcher Kaiser von China war es, der die Schrift und alle Spuren von Schrift vernichtet hat? War es nicht Herostrat, der die Bibliothek von Alexandria in Brand steckte? Wer weiß, vielleicht könnte uns die Vernichtung alles Geschriebenen, und die Tatsache, unschuldig, fröhlich wieder bei Null anzufangen, die Lust am Lesen zurückgeben?

2

Wir leben in einer vieldeutigen Welt, die Worte wollen nichts sagen, die Ideen sind ungedeckte Schecks, den Werten fehlt es an Wert, die Menschen sind undurchschaubar, die Tatsachen eine Knetmasse aus Widersprüchen, die Wahrheit eine Schimäre und die Wirklichkeit eine so diffuse Erscheinung, daß es schwerfällt, sie vom Traum, der Phantasie oder dem Wahn zu unterscheiden. Der

Zweifel, das Zeichen von Intelligenz, ist auch mein bedrohlichster Charakterfehler. Er hat bewirkt, daß ich sehe und nicht sehe, handle und nicht handle, er hat die Bildung dauerhafter Überzeugungen in mir verhindert, ja sogar die Leidenschaft in mir abgetötet und mir zuletzt von der Welt das Bild eines Strudels vermittelt, in dem die Trugbilder des Tages untergehen, ohne anderes zu hinterlassen als Splitter von verrückten Begebenheiten und Gebärden ohne Ursache und Zweck.

3

Wie alt man sich fühlt, ist relativ: jung oder alt ist man immer mit Bezug auf jemanden. César Vallejo schreibt in einem Prosagedicht, daß er nie, es mögen noch so viele Jahre vergehen, das Alter seiner Mutter erreichen wird – was übrigens stimmt. Es ist begreiflich, daß sich die Vierzig- und Fünfzigjährigen weiterhin jung fühlen, denn sie wissen, daß es noch Siebzig- oder Achtzigjährige gibt. Erst wenn man selbst in dieses Alter kommt, werden die Bezugspunkte nach oben spärlich. Die Achtzigjährigen fühlen, daß sie wenige sind, also allein, alt.

4

Theorie des »Initialirrtums«. In jedem Leben gibt es einen scheinbar trivialen Präliminarirrtum – eine fahrlässige Handlung, eine falsche Schlußfolgerung, das Annehmen eines Ticks oder eines Lasters –, der seinerseits andere Irrtümer zeugt. Akkumulativer Charakter derselben. Darauf bezüglich: das Bild des Zuges, der durch eine irrige Weichenstellung auf das falsche Gleis gerät. Richtiger wäre, zu sagen: durch ein Versäumnis des Lokomotivführers. Noch richtiger, den Irrtum dem Fahrgast zur Last zu legen, der sich im Waggon geirrt hat. Sicher ist, daß dem Fahrgast der Proviant ausgehen wird, daß niemand ihn auf dem Bahnsteig erwarten wird, daß er aus dem Zug gejagt werden wird, daß er nicht ankommt an seinem Ziel.

5

Den Körper einer Frau kennenzulernen, ist eine ebenso langwierige und rühmenswerte Aufgabe wie das Erlernen einer toten Sprache. Jede Nacht erweitert sich unsere Lust um einen neuen Landstrich und unser schon umfangreicher Wortschatz um ein neues Zeichen. Aber immer werden weitere Geheimnisse zu enthüllen bleiben. Der Körper einer Frau, jeder menschliche Körper ist per definitionem unendlich. Als erstes erlangt man den Zugang zur Hand, diesem zweckmäßigen, instrumentellen Anhängsel unseres Körpers, das, immer unverhüllt, immer bereit, sich jedem hinzugeben, mit allen Arten von Gegenständen verkehrt und sich aufgrund dieser Umgänglichkeit den fast unpersönlichen und unscheinbaren Charakter eines Beamten oder Türhüters des Menschlichen Palasts erworben hat. Aber sie lernt man zuerst kennen: jeder Finger wird zum Einzelwesen, bekommt einen Familiennamen, und danach jeder Fingernagel, jede Ader, jede Falte, jeder kaum wahrnehmbare weiße Fleck. Auch ist es nicht nur die Hand, die die Hand kennenlernt: auch die Lippen lernen sie kennen, wodurch ein Geschmack, ein Geruch, eine Konsistenz, ein Grad an Weichheit oder Rauhheit, eine Eßbarkeit hinzukommt. Es gibt Hände, die man wie den Flügel eines Hühnchens verschlingt; andere bleiben einem im Halse stecken wie ein ewiges Schafott. Und was erst sagen vom Arm, der Schulter, der Brust, dem Schenkel, der . . .? Appolinaire spricht von den Sieben Pforten des weiblichen Körpers. Eigenmächtige Bewertung. Der Körper einer Frau hat keine Pforten, wie das Meer.

6

Verrücktheit besteht in vielen Fällen nicht in einem Mangel an Vernunft, sondern in dem Wunsch, die Vernunft, die man hat, bis zu ihren letzten Konsequenzen zu treiben: der Mann, las ich in einer Erzählung, der die Menschheit nach gegensätzlichen Kriterien einzuteilen versucht (Schwarze und Weiße, große Schwarze und kleine Weiße, große dünne Schwarze und kleine dicke Weiße, große dünne ledige Schwarze und kleine dicke verheiratete Weiße etc.), so daß er zwangsläufig eine unendliche Reihe formulieren muß; ein Mann, der in die Presse-Agentur kam, um etwas scheinbar sehr Vernünftiges vorzuschlagen: die großen Staatschefs, den Papst, den Generalsekretär der UNO etc. um eine allumfassende Paella zu versammeln, bei der auf freundschaftliche Weise die Probleme der Welt gelöst werden würden; ein anderer kam, um uns mitzuteilen, daß er eine gerichtliche Klage gegen die Sowjetunion eingereicht habe, damit sie Spanien das Gold zurückerstatte, das sie zu Zeiten der Republik an sich gebracht hat. Unter geschichtlichen und juristischen Gesichtspunkten war seine Beweisführung unangreifbar, in die Praxis umgesetzt aber die Tat eines Geistesgestörten. Was diese Art von Verrücktheit von der Klugheit unterscheidet, ist nicht so sehr der irrationale Charakter der fraglichen Idee, sondern der Umstand, daß sie ihre eigene Unmöglichkeit in sich schließt. Verrückte dieser Art sind verrückt, weil sie ihr Anliegen vollständig vom Kontext isoliert haben, so daß alle Elemente einer Situation oder, wie man sagt, alle Imponderabilien eines Problems unberücksichtigt bleiben. Daher hat diese Form der Verrücktheit so viel Ähnlichkeit mit der Genialität. Die Genialen sind diese Verrückten mit zusätzlich einer Eigenschaft, nämlich: die Lösung eines Problems durch Überspringen aller dazwischenliegender Schwierigkeiten zu finden.

7

So banale Orte wie das Polizeipräsidium oder das Arbeitsministerium sind heutzutage die delphischen Tempel, in denen unser Schicksal sich entscheidet. Türhüter, Valets, alte weibliche Angestellte mit Dauerwellen und Pulswärmern sind die kleinen Götter, denen wir heillos unterworfen sind. Trügerische beamtete Götter. Sie verschlampen für immer ein Dokument und mit ihm unser Glück, oder sie verschließen uns den Zugang zu einem Büro, dem einzigen, in dem wir uns von irgendeiner Schuld erlösen könnten. Die Ratschlüsse dieser bürokratischen Götterchen sind so undurchdringlich wie die der antiken Götter, und wie diese verteilen sie Glück und Schmerz unwiderruflich. Die Postangestellte, die sich weigert, mir einen eingeschriebenen Brief auszuhändigen, weil der Absender einen Buchstaben meines Nachnamens falsch geschrieben hat, ist so furchtbar wie die Minerva, die einen trojanischen Soldaten entwaffnet, um ihn wehrlos den Händen eines griechischen zu überlassen. Von der Vernunft getötet, erstanden die alten Götter vervielfacht in den schäbigen Gottheiten der Behörden zu neuem Leben. In ihren vergitterten Schaltern hocken sie wie auf Talmialtären in der Hoffnung, daß wir ihnen Verehrung zollen.

8

Kahlköpfig, beleibt, majestätisch erscheint mir der Mann mit seinen salbungsvollen Umgangsformen, der die Agentur fegt, immer wie ein Bischof, der aufgrund irgendeiner Ungerechtigkeit seiner priesterlichen Gewänder entkleidet worden ist. Wenn ich ihn in seinem Blaumann durch die Korridore gehen sehe, mit andächtiger Miene, lächelnd und wohlwollend, stelle ich mir vor, wie gut er sich beim Zelebrieren einer Messe oder bei der Leitung einer feierlichen Seligsprechung ausnehmen würde. Er redet mit sich selbst, grüßt jedermann zuvorkommend, er ist ein friedlicher Irrer. Er war Redakteur gewesen und hatte vor vielen Jahren in einem Anfall von erotischem Wahnsinn versucht, eine Sekretärin im Aufzug zu vergewaltigen. Er wurde nicht gefeuert, aber als er ohne Gedächtnis und scheinbar glücklich aus der Irrenanstalt zurückkam, wurde er auf den Posten eines Putzmanns herabgesetzt.

9

Wir können viele Dinge im Gedächtnis behalten: Bilder, Melodien, Begriffe, Beweisketten oder Gedichte, aber zwei Dinge können wir nicht im Gedächtnis behalten: den Schmerz und die Lust. Wir können allenfalls die Erinnerung an diese Empfindungen haben, aber nicht die Empfindungen dieser Erinnerung. Wäre es uns möglich, die Lust, die eine Frau uns gab, oder den Schmerz, den eine Krankheit uns verursachte, noch einmal zu durchleben, würde unser Leben unmöglich werden. Im ersten Fall würde es eine einzige Wiederholung, im andern eine Tortur werden. Da wir unvollkommen sind, ist auch unser Gedächtnis unvollkommen und gibt uns nur das zurück, was uns nicht zerstören kann.

10

Bei Betrachtung der Katze im Restaurant: die wunderbare Eleganz, mit der Tiere ihre Nacktheit tragen. Vor langer Zeit stellte ich das an Hunden, an Pferden fest. Nichts an den Tieren ist lächerlich oder unschön. Stören uns manchmal ihre Stellungen oder ihre Akte, dann ist es wegen ihrer Ähnlichkeit mit den menschlichen Akten oder Stellungen, zum Beispiel: wenn Tiere sich lieben.

11

Manchmal gefällt sich das Leben darin, uns allegorische Abrisse der Wirklichkeit zu liefern oder besser: prächtig ausgewählte Zitate aus dem großen Text der Geschichte, in der wir leben. In den Metrogängen strömen am 1. Mai Tausende von Arbeitern in Sonntagskleidern, alte und junge, mit ihren Familien fröhlich und sorglos der Foire de

Paris, dem Champs de Mars oder dem Bois de Boulogne zu, alle mit ihrem Maiglöckchenzweig in der Hand. Sie sind glücklich, sie haben gut gefrühstückt, es ist ihr Feiertag, ihr Fest. In einem Gang sitzen zwei zottelhaarige, bärtige Studenten auf dem Boden und singen zur Gitarre ein martialisches Revolutionslied, von dem ich im Vorübergehen nur die Zeile höre: »Heer der Sklaven, wache auf.« Ohne stehenzubleiben werfen ihnen die Arbeiter einen mißbilligenden Blick zu: sie fühlen sich schockiert, fast beleidigt. Nichts ist so fehl am Platz wie diese Grünschnäbel, die, an einem Tag der Zerstreuung unter so vielen Arbeitstagen, von Barrikaden, Kämpfen und Konflikten sprechen. Die Anwesenheit dieser Studenten, ihre Haltung, ihre Absicht ist so sinnlos und illusorisch wie die der Frauen der Heilsarmee, die sich vor den Türen der Bordelle aufstellen, um die Freier zu katechisieren.

12

Die Geschichte ist ein Spiel, dessen Regeln verlorengegangen sind. Philosophen, Anthropologen, Soziologen und Politiker suchen nach ihnen, jeder aus seinem Gesichtswinkel und je nach Interessenlage oder Temperament. Aber sie finden nur Bruchstücke davon. Der kohärenteste Versuch, die Grundregeln dieses Spiels zu finden, ist wahrscheinlich der Marxismus. Aber weder der einzige noch der endgültige. Er wird ergänzt, berichtigt, sogar widerlegt werden. Solange keine andere Erklärung zutage tritt, wird man ihn pragmatisch akzeptieren müssen. Das Schreckliche wäre, wenn man nach so langer Suche zu dem Schluß käme, daß Geschichte ein Spiel ohne Spielregeln ist oder, noch schlimmer, ein Spiel, dessen Regeln während des Spiels erfunden und am Ende vom Sieger aufgezwungen werden.

13

Wir haben so etwas wie eine Wetterstation in uns, die jeden Morgen ihren Stimmungsbericht ausgibt: Wir werden vergnügt sein, wir werden leiden, gegen Mittag Zorn etc. Und dieser Vorhersage gehen wir beklommen oder vertrauensvoll entgegen. Trügerische Behörde, nicht zuverlässiger als die, die das Wetter prophezeit. Der Abend, von dem wir uns jubelnde Freude erhofften, überzieht sich plötzlich mit unerträglicher Traurigkeit. Aber auch: wie hell wird diese laut Wahrsage schwermütige Nacht durch das Lächeln einer Unbekannten.

14

Die Existenz eines großen Schriftstellers ist ein Wunder, das Ergebnis ebenso vieler glücklicher Zufälle, wie es braucht, damit eine dieser Weltschönheiten aufblüht, von denen eine ganze Generation träumt. Wie viele schlechte Probeabzüge muß die Natur für jeden großen Schriftsteller machen! Wie viele unscharfe, verschleierte oder überbelichtete Joyces, Kafkas, Célines mag es gegeben haben! Einige starben jung, andere wechselten das Metier, ergaben sich dem Suff, wurden verrückt, wieder anderen fehlten eine oder zwei von den Grundbedingungen, die große Schriftsteller mitbringen müssen, um sich über das Niveau der Subliteratur zu erheben. Mangel an Bildung, Krankheiten, Faulheit, fehlende Anregung, Ungeduld, wirtschaftliche Beengung, das Fehlen von Ehrgeiz und Ausdauer oder einfach von Glück sind wie dieses vielversprechende Lotterielos, dem nur die letzte Ziffer fehlt, damit man bei der Tombola des Ruhms den Preis davonträgt. Und einige haben wahrscheinlich alle diese Eigenschaften mitgebracht, aber es fehlt ihnen der scheinbar geringfügige, zufällige Umstand (die Lektüre eines Buches, die Beziehung zu einem bestimmten Freund), der dem chemisch perfekten Gemisch als Reagens dienen und ihm seine echte Färbung verleihen kann. So sehe ich in der Metro manchmal eine Frau und sage mir: »Die könnte Brigitte Bardot sein, wie schade, daß sie dreißig Zentimeter zu klein ist«, oder: »Diese Blondine sieht aus wie Marilyn Monroe, nur daß sie Beine wie Bohnenstangen hat.« Auch sie sind schlechte Abzüge vom Urmodell, Ware zweiter Wahl, die zum Engrospreis verkauft wird.

15

Während ich am Eingang zur Metro auf jemanden warte, sehe ich Hunderte von Mädchen – Angestellte, Studentinnen etc. – hineingehen und herauskommen, und dabei wird mir die Funktion der Mode bewußt. Mit der Mode gehen heißt auf seine individuellen Attribute verzichten, um die einer Gruppe zu übernehmen, oder anders gesagt: aufhören, eine Person zu sein, um ein Typus zu werden. Die Zeichen, die modebewußte Frauen durch ihre Kleidung setzen – zur Zeit eng anliegende Hosen, Pelzmäntel, Stiefel mit dicken Sohlen –, bewirken im Betrachter eine Täuschung: er verwechselt die Kopie mit dem Vorbild. Je vollkommener die Imitation, desto leichter die Illusion. Aus diesem Grund ist die Mode nichts weiter als eine kollektive Verkleidung, die jede Saison nach bestimmten, von den Modeschöpfern durchgesetzten Schönheitsmodellen übernommen wird. Das Merkwürdige an der Mode ist, daß die Frauen, die mit der Mode gehen, gesehen werden wollen, sich am Ende jedoch uniformieren und dadurch Gefahr laufen, unbemerkt zu bleiben. Unbemerkt? Vielleicht als Einheiten einer Familie, aber nicht als Familie. Denn die Doppeldeutigkeit der Mode besteht darin, daß sie auf der einen Seite verbirgt, auf der anderen herausstellt: Sie verbirgt die Frauen, stellt aber die Frau heraus.

16

Wie sehr eine Frau das Haus beseelt. Ist sie abwesend, verschmachten die Dinge. Alles verstaubt und verwelkt. In der Blumenvase ein vertrockneter Strauß, Staubflocken auf der Kommode, die Glühbirne durchgebrannt, die Kleider verwahrlost. Die Frau steht in ständigem Umgang mit den

Dingen. Es sind ihre Dinge, und sie hätschelt und hegt sie. Sie stellt sie an ihren Platz, säubert und verschönt sie. Hüterin der häuslichen Gegenstände, hat sie für jeden ein Wort, eine Leidenschaft. Nur sie weiß, wo die Schere, der Faden, das Notizbuch ist, das wir vergeblich suchen. Sie bewohnt die Dinge, und die Dinge bewohnen sie. Empfänglich für das Kleine, entdeckt sie den Flecken im Teppich, die Asche auf dem Tisch. Wir, geringschätzig, abgehoben, schaffen die Dinge an, lassen sie dann aber gleichgültig weiterleben und sehen sie ohne Kummer zugrunde gehen.

17

Die Namen wechseln, die Institutionen bleiben. Diese verlotterten kleinen Hotels in Straßen wie der Rue Princesse oder der Rue des Orteaux, in denen sich die Gastarbeiter aus dem Mittelmeerraum einquartieren, sind nichts weiter als eine moderne Version der römischen Arbeitshäuser. Ich finde praktisch keinen Unterschied zwischen einem algerischen oder portugiesischen Maurer und einem Sklaven aus der Zeit Diokletians. In diesen kleinen Hotels richten sich die Gastarbeiter auf Dauer ein und verlassen sie nur, um jeden Tag zur Arbeit zu gehen oder, eines Tages, dem letzten, in Richtung Friedhof. Diese kleinen Hotels, meist von einem Landsmann seiner Mieter geführt, sind seltsam. Im Erdgeschoß befinden sich die Gaststätte mit der Bar und dem Schlüsselbord, und in seinen vier oder fünf Stockwerken die Zellen, wo die Arbeiter eng zusammengepfercht in ihren Schlafkojen schlafen. Das Lokal bietet ihnen alles: Getränke, Essen, Liegen, Fernsehen, Spieltisch für Kartenspiele und Domino. Was sie in der Fabrik verdienen, geben sie im Hotel aus. Unnötig zu sagen, daß sie im Unterschied zu den Sklaven frei sind. Ihnen bleibt nicht einmal die Hoffnung auf Freilassung.

18

Das Schachspiel ist wie die käufliche Liebe, bei der das Paar nicht aus Zuneigung oder Sympathie zusammenkommt, sondern weil beide einander brauchen, um sich durch ihre Vereinigung einen Genuß zu verschaffen. Der faschistische Deutsche in der Agentur und ich grüßen uns nicht, und wir wechseln die ganze Woche kein Wort, doch kommt der Sonntag, dann spielen wir in den freien Stunden eine Partie. Es ist eine schweigende Übereinkunft, der keinerlei verbale Aufforderung vorausgeht. Es genügt, daß er das Brett aufstellt, und ich komme an seinen Tisch, die Partie beginnt. Eine Partie ohne Worte, ohne jeden Kommentar. Sobald sie zu Ende ist, gleichgültig, wer gewonnen hat, vertieft sich jeder wieder in seine Arbeit und vergißt den anderen tagelang vollständig, selbst wenn er ihn im Aufzug oder im Café an der Ecke trifft. Bis zum nächsten Sonntag.

19

Genau wie ich hat auch mein Sohn seine Autoritäten, seine Quellen, seine Referenzen, auf die er zurückgreift, wenn er eine Behauptung oder eine Vorstellung belegen will. Sind aber die meinen Philosophen, Romanschriftsteller oder Dichter, sind die meines Sohnes die zwanzig Bücher mit Tintins Abenteuern. In ihnen ist alles erklärt. Wenn wir über Flugzeuge, Tiere, Weltraumflüge, ferne Länder oder Schätze sprechen, hat er sofort das genaue Zitat, den unwiderleglichen Text bei der Hand, der seinen Meinungen zu Hilfe kommt. Er hat, was man eine Weltanschauung nennt, die falsch sein mag, aber kohärent und weit sicherer begründet ist als meine, ist sie doch inspiriert von einem einzigen heiligen Buch, auf das der Fluch des Zweifels noch nicht gefallen ist. Erst viel später wird er merken, daß diese so einfachen Erklärungen nicht mit der Wirklichkeit übereinstimmen und daß er nach anderen, spitzfindigeren suchen muß. Aber diese erste Fassung wird ihm, wie der Mutterkuchen, dazu gedient haben, sich vor den Ansteckungen der erwachsenen Welt zu schützen und sich innerhalb dieser Sicherheitszone zu entwickeln, deren so zarte Wesen bedürfen. Der erste Riß in seinem Bilderbuchuniversum wird den Verlust seiner Naivität anzeigen, seinen Eintritt in die individuelle Welt der Erwachsenen, nachdem er die gattungsgemäße Kinderwelt bewohnt hat; wie auch die Züge seiner Vorfahren in seinem Gesicht hervortreten werden, nachdem er die Maske der Gattung getragen hat. Dann wird er schürfen und forschen, wird Philosophen, Romanschriftsteller und Dichter zu Hilfe rufen müssen, um seiner Welt abermals Harmonie, Ordnung, Sinn zu verleihen – vergeblich überdies.

20

Uns, den an die Stadt gewöhnten Menschen unserer Zeit, sind alle Formen der Natur unbekannt. Wir sind unfähig, einen Baum, eine Pflanze, eine Blume zu erkennen. Unsere Großeltern, so arm sie sein mochten, hatten immer einen Blumen-, Gemüse- oder Obstgarten und lernten ohne Mühe die Namen der Pflanzen kennen. Jetzt, in Stadtwohnungen und Hotels, sehen wir nur gemalte Blumen, Nature morte der Stilleben, oder diese rachitischen Topfpflanzen, die aussehen, als wären sie von Friseuren ausgesät.

21

Wie leicht wird Bildung mit Gelehrsamkeit verwechselt! In Wirklichkeit beruht Bildung nicht auf einer Anhäufung von Kenntnissen, und sei es auf mehreren Gebieten, sondern auf der Ordnung, die diese Kenntnisse in unserem Gedächtnis gefunden haben, und auf der Präsenz dieser Kenntnisse in unserem Verhalten. Es kann sein, daß die Kenntnisse eines Gebildeten nicht sehr zahlreich sind, doch sie sind harmonisch, zusammenhängend und, vor allem, sie stehen zueinander in Beziehung. Beim Gelehrten scheinen die Kenntnisse in getrennten Fächern gespeichert zu sein. Beim Gebildeten verteilen sie sich nach einer inneren Ordnung, die Austausch und gegenseitige Befruchtung erlaubt. Seine Lektüre, seine Erfahrungen befinden sich in Gärung und erzeugen ständig neue Reichtümer: Er ist wie der Mensch, der ein Zins tragendes Konto anlegt. Wie der Geizige bewahrt der Gelehrte sein Vermögen in einem Strumpf auf, wo nur Verschimmeln und Wiederholung möglich sind. Im ersten Fall geht Kenntnis aus Kenntnis hervor. Im zweiten reiht sich Kenntnis an Kenntnis. Ein Mensch, der das gesamte Theater von Beaumarchais in- und auswendig kennt, ist ein Gelehrter; aber gebildet ist, wer *Figaros Hochzeit* gelesen hat und die Beziehung zwischen diesem Werk und der Französischen Revolution oder zwischen dem Autor und den Intellektuellen unserer Zeit erkennt. Deshalb ist der Angehörige eines primitiven Stammes, der in zehn Grundbegriffen die Welt besitzt, gebildeter als der Spezialist für sakrale byzantinische Kunst, der keine Spiegeleier braten kann.

22

Es gibt entsetzliche Liebschaften, die in Wirklichkeit den altehrwürdigen Stammbaum der Liebe beleidigen und sie ihrer ganzen romantischen Aura entkleiden. Zum Beispiel jene zwischen einem der Leiter der Agentur und einer der Sekretärinnen. Der Chef ist schleimig, molluskoid, schwammig, ein mediokrer Fünfziger. Die Sekretärin eine farblose, mastodontische Dicke mit weit aus dem Zahnfleisch stehenden Zähnen und einer Nase, so lang, daß sie ein permanenter Verstoß gegen die Höflichkeit ist. Kurz, eine dieser Frauen, die, wie einer einmal gesagt hat, »den Bestand der Gattung in Gefahr brächten, wenn ein Mann allein mit ihnen auf der Welt wäre«. Und das Schlimmste: beide sind verheiratet. Da fragt man sich, was für eine scheußliche Katastrophe ihre Ehen sein müssen, daß sie außerehelich diesen schauerlichen Ersatz suchen. Wenn ich sie im Büro dabei überrasche, wie sie sich verständnisinnig zublinzeln, herumalbern oder von fern sich anschmachten wie zwei Blöde, dann schäme ich mich, für mich, für meine Gattung. Und wenn ich mir vorstelle, daß solche Liebe heimlich, ehebrecherisch in Hotelzimmern, in wer weiß wie miesen Mietbetten stattfindet, und wenn ich an die Verschmelzung ihrer Körper denke, dann fühle ich mich in einem Anfall von unheilbarem Wahnsinn versucht, mich aus dem Fenster zu stürzen.

23

Die Jahre entfernen uns von der Kindheit, ohne uns zwangsläufig der Reife zuzuführen. Eines der wenigen Verdienste, die ich an einem Autor wie Gombrowicz bewundere, ist der Nachdruck, mit dem er bis ins Groteske auf die schicksalhafte Unreife des Mannes hingewiesen hat. Die Reife ist ein Betrug, den die Erwachsenen erfunden haben, um ihre Unzulänglichkeit zu rechtfertigen und ihrer Autorität eine Rechtsgrundlage zu verschaffen. Der Anblick, den die alte wie die neue Geschichte bietet, ist immer der eines grausamen, irrationalen, unvorhersehbaren, ununterbrochenen Spiels. Demnach ist es falsch zu sagen, daß die Kinder die Spiele der Großen nachahmen: Die Großen sind es, die in planetarischem Maßstab die Spiele der Kinder plagiieren, wiederholen und erweitern.

24

Wie lange müssen die Gegenstände wandern, ehe sie in einem Haus den ihnen angemessenen Platz finden! In den wenigen Jahren, da wir an der Place Falguière wohnen, waren Stühle, Lampen, Bilder, Regale die Protagonisten einer anstrengenden

Abenteuerreise, die sie von Zimmer zu Zimmer, von Ecke zu Ecke führte. Einige, das ist wahr, passen sich leicht an und leben schließlich friedlich mit ihren Nachbarn zusammen. Andere, die Ungeselligen, die Ausgestoßenen finden weder Stellung noch Standort und wechseln ruhelos aus einem Raum in den andern, ohne an irgendeinem Platz Beziehungen anzuknüpfen. Schlecht und recht geben sie sich am Ende zähneknirschend mit einem Winkel zufrieden und führen dort, ahne ich, ein Leben voll Unbehagen und Groll. Aber es gibt auch die hoffnungslos Verlorenen, die sich auf nichts einlassen und die zur Strafe für ihre subversive Gesinnung zuhinterst in eine Schublade oder in die Finsternis eines Kellers gesperrt werden. Schreckliche, verdammte Gegenstände, die sicherlich in aller Stille irgendeine fürchterliche Rache ausbrüten.

25

Ein lateinamerikanischer Autor zitiert fünfundvierzig Autoren in einem acht Seiten langen Artikel. Unter anderen: Homer, Platon, Sokrates, Aristoteles, Heraklit, Pascal, Voltaire, William Blake, John Donne, Shakespeare, Bach, Tschechow, Tolstoi, Kierkegaard, Kafka, Marx, Engels, Freud,

Jung, Husserl, Einstein, Nietzsche, Hegel, Cervantes, Malraux, Camus etc. Die meisten dieser Zitate waren meiner Ansicht nach unnötig. Bildung ist kein Magazin gelesener Autoren, sondern eine Form des Denkens. Ein gebildeter Mensch, der viel zitiert, ist ungesittet.

26

Die zwei französischen Metrofeger in ihren Blaumännern, die im Argot über ihre Arbeit reden oder vielmehr grunzen. Welchen Nutzen hat ihnen die Französische Revolution gebracht? Allerunterste Stufe der Eisenbahner. Vergeblich würde man sie fragen, was sie vom Vietnamkrieg oder von der Atomkraft halten. Sie sind genau die Typen, an denen Meinungsumfragen zu scheitern pflegen. Ihre Schuld? Schuld des Systems? Man wird um den Gedanken nicht herumkommen, daß die Französische Revolution, daß jede Revolution die sozialen Probleme nicht löst, sondern sie von einer Gruppe auf eine andere verlagert, besser gesagt, sie einer anderen, nicht immer minoritären Gruppe aufbürdet. Dieses Aufbürden geschieht nicht unbedingt im Augenblick der Revolution, es kann Jahre oder Jahrzehnte später erfolgen. Gewiß, 1789 brachte das klügste Bürgertum der Welt hervor, gleichzeitig aber auch Tausende von Metzgern, von Hausmeistern und Metrofegern.

27

Warum nur gibt es Zimmer, die in ihrem Bewohner jeden Versuch schöpferischer Tätigkeit abwürgen? Das in der Avenue des Gobelins, das ich zur Zeit bewohne, ist das Nischengrab des Genies: äußerst schmal, lang, dunkel, bedroht vom Krach so vieler Blechkarossen. Es handelt sich gleichwohl nicht um eine Elendsbehausung, sondern um ein Zimmer, an dem sich die sparsame Hand des Geschäftsführers und unerträglichen Pariser Hotelbesitzers allzu eindeutig ablesen läßt. Es ist, was man ein knausriges Zimmer nennen kann. Keine Möglichkeit, das Wasser frei ins Waschbecken fließen zu lassen oder einen Plattenspieler anzuschließen, weil sonst die Sicherung durchbrennt. Da ist weder ein Bord, wo man Bücher aufstellen, noch ein Versteck, wo man die Koffer verstauen könnte, um sich den Eindruck zu ersparen, ein ewiger Reisender zu sein. Die ganze Ausstattung des Zimmers scheint im Gegenteil dazu bestimmt zu sein, uns ins Gedächtnis zu rufen, daß wir Passanten sind, daß wir auch nicht die entfernteste Hoffnung auf eine dauerhafte Bleibe haben und daß wir den Plan, hier heimisch zu werden, aus unseren Vorstellungen streichen müssen. Wenn Hotelzimmer sprechen könnten, würde dieses sagen: »Fremder, ich gestatte dir, daß du hier schläfst, aber geh von dannen, so schnell du kannst, und hinterlasse auch nicht die kleinste Erinnerung an deine Person.«

28

Wie unverantwortlich die Leute leben! Wenn ich aus meinem Fenster schaue, sehe ich einen Mann mit einem Weißbrot, der die Fahrbahn quert, ein Mädchen mit einem Hündchen, einen Fußgänger, der nach einigem Zögern einen bestimmten Weg einschlägt, ein engumschlungenes Pärchen, einen Mann am Steuer eines sehr schnellen Autos. Unbekümmert, gleichgültig gehen sie ihren Beschäftigungen, ihrer Routine, ihren Irrtümern, ihren Freuden oder Lastern nach. Ob sie nicht wissen, daß sie sich auf schwankendem Grund bewegen, daß wir in Daueralarm leben, daß ihnen hinter jeder Ecke das Unbesiegbare auflauert? Sie haben sicher nicht nachgedacht über den Satz in der *Celestina*: »Der Tod ist uns auf den Fersen, verfolgt und umringt uns, wir sind seine Untertanen und müssen seinem Wink uns beugen, nach dem Gesetz der Natur.«

29

Das Licht ist nicht das geeignetste Medium, die Dinge zu sehen, sondern bestimmte Dinge zu sehen. Jetzt, bei bewölktem Himmel, habe ich vom Balkon aus mehr Einzelheiten der Landschaft gesehen als an den sonnigen Tagen. Sonnentage heben bestimmte Gegenstände auf Kosten anderer hervor, die sie im Schatten lassen. Das halbe Licht eines bewölkten Tages stellt alle auf die gleiche Ebene und rettet die Vergessenen vor dem Halbdunkel. So sehen auch bestimmte mittlere Intelligenzen die Welt mit größerer Genauigkeit und nuancenreicher als die strahlenden Intelligenzen, die nur das Wesentliche sehen.

30

Die Ankunft eines Kindes in der Familie ist wie der Einfall der Barbaren im alten römischen Reich. Mein Sohn hat in den zwanzig Monaten seines Lebens alle äußeren und augenfälligen Zeichen unserer Wohnkultur zerstört: die Porzellanfigur, die ich von meinem Vater geerbt habe, Reproduktionen berühmter Skulpturen, ausgefallene, mit größter List in Restaurants geklaute Aschenbecher, in Polen bestellte Kristallgläser, Bücher mit hübschen Stichen, den Reiseplattenspieler etc. Das Kind sitzt vor diesen Gegenständen wie der Barbar vor den rätselhaften Erzeugnissen einer Kultur, die nicht die seine ist. Und da es trotz seiner Unwissenheit und seinem Unverstand die Kraft, das Überleben, das heißt, die Zukunft darstellt, zerstört es sie. Es zerstört die Zeichen einer Kultur, die für es selbst schon überholt ist, weil es weiß, daß es sie ersetzen kann, da es, potentiell, eine neue Kultur verkörpert.

31

Man darf von den Menschen nicht mehr als eine gute Eigenschaft erwarten. Finden wir eine an ihnen, sollten wir schon dankbar sein und sie nur nach dieser beurteilen, nicht nach denen, die ihnen fehlen. Vergeblich verlangt man von einem Menschen, daß er nicht nur sympathisch ist, sondern auch großzügig, oder daß er nicht nur intelligent ist, sondern auch lustig, oder daß er nicht nur gebildet ist, sondern auch gepflegt, oder daß er nicht nur schön ist, sondern auch treu. Nehmen wir von ihm, was er uns geben kann. Seine gute Eigenschaft sei die bevorzugte Verbindung, über die wir mit ihm kommunizieren und uns bereichern.

32

Im Gesicht blind Geborener ist, außer ihren ausgelaufenen, verhangenen, schleimigen oder auch nur starren oder geschlossenen Augen, die ihre Blindheit erkennen lassen, immer auch noch ein anderer Zug. Der Mund, die Nase, die Gesichtsmuskeln nehmen einen besonderen Ausdruck an, der schon »ein Blindenausdruck« ist. Man könnte sagen, daß diese Züge, die der Träger nicht sehen oder nicht kontrollieren kann, sich allein nach ihren natürlichen Neigungen verzerren oder glätten. Für den Blinden gibt es den Spiegel nicht, der es den Sehenden erlaubt, ihre Züge beizeiten zu korrigieren und sich einen passenden Ausdruck zuzulegen. Der Ausdruck des Blinden ist frei, der natürlichste, den es geben kann. Er erinnert ein wenig an den Ausdruck schlafender Menschen. Es scheint, daß sich das Gesicht rund um den Blick anordnet und, sobald dieser verschwindet, zerfällt.

33

Wer kann Zeugnis geben von den Gesprächen, die Liebende führen, wenn sie schlafen? Etwas in ihnen bleibt wach, wenn das Licht gelöscht ist und sie sich dem Schlaf überlassen. Nicht ihr Geist, auch nicht ihr Bewußtsein, sondern ihre Zärtlichkeit. Nächtliche Zwiegespräche, aus abgerissenen Sätzen bestehend, aus aberwitzigen Worten, die sie nicht hören und denen sie gleichwohl gehorchen. So erinnern sie sich manchmal nach dem Erwachen wie an ein anderes Leben, an einen, der sie aufrichtete, als sie ruhten, und der um sie bemüht blieb, ja es fallen ihnen Bruchstücke einer Rede ein, die sie, wach, belachen und nicht verstehen.

34

Beim Beobachten der Kinder, die in der kleinen Grünanlage der Rue de la Procession spielen. Ihr Alter schwankt zwischen einem und drei Jahren. In diesem Alter laufen sie aufeinander zu, kommunizieren aber nicht. Was sie interessiert, ist das Zusammensein, oft auch das Schauspiel, aber nicht der direkte Kontakt. Im Grunde bleibt jedes so allein wie in seinem Zimmer zu Hause, nur daß sie in vielfältigen Spiegeln reflektiert werden. Es kann geschehen, daß ihre Hände sich streifen, oder sie tauschen ihre austauschbaren Sandeimer aus, aber praktisch ohne zu sprechen, ohne etwas von sich herzugeben oder zu sagen, außer vielleicht einen Gegenstand wie einen Sandeimer, der in diesem Fall ein neutraler Gegenstand ist. Und auf den Bänken rings um den Sandkasten die alten Leute. Auch sie allein. Man sieht hauptsächlich Rentner und Krüppel, Stock und Baskenmütze, schweigend. Ohne ihn zu sehen, betrachten sie den Film über ihre Kindheit, der vor ihren Füßen herumtollt und versucht, sie wenigstens durch die Erinnerung im Leben zu halten. Man kann nur einen Schluß daraus ziehen: die Einsamkeit der Kinder ist die vorweggenommene Einsamkeit der alten Leute. Grünanlagen wie die in der Rue de la Procession wurden für beide geschaffen. Damit Anfang und Ende sich zueinander fügen. So spielt man als Kind: allein. So genießt man im Alter die Sonne: allein. Zwischen beiden Lebensaltern das Zwischenreich, bevölkert von Liebe oder Freundschaft, dem einzig Warmen, Erträglichen zwischen zwei Extremen der Verlassenheit.

35

Die Worte, die Liebende sich bei ihrem ersten Orgasmus sagen, bleiben künftig für ihre sexuelle Kommunikation bestimmend. Es sind Augenblicke absoluter Improvisation, in denen die Liebenden sich oder ihre Körperteile neu taufen. Die neuen Namen kehren beim Akt jedesmal wieder. Sie bilden die Urschrift, die sie im Bett benützen werden. Diese Worte sind unschuldig und oft poetisch auf das bezogen, was sie bezeichnen. Manchmal sind sie auch unsinnig. Niemand ist frei, in der Nacht des ersten Beischlafs zu seiner Frau »Artischocke« zu sagen. Und obendrein sitzt er nun in der Patsche, denn er wird »Artischocke« zu ihr sagen müssen, sooft er sie besitzt. An dem Tag, da er es nicht zu ihr sagt, hat er aufgehört, sie zu lieben.

36

In ein paar Jahren werde ich das Alter meines Vaters erreichen und einige Jahre später ihn an Jahren übertroffen haben, das heißt, ich werde älter als er sein und, noch später, ihn betrachten können, als wäre er mein Sohn. Im allgemeinen erreicht jeder Sohn das Alter seines Vaters oder kommt darüber hinaus und verwandelt sich in den Vater seines Vaters. Nur so kann er ihn mit der Nachsicht beurteilen, die das »Ältersein« mit sich bringt, ihn besser verstehen und ihm alle seine Fehler verzeihen. Nur so erreicht er überdies das wahre Erwachsensein, jenes, das jegliche Unterdrückung, und sei sie eingebildet, tilgt, jenes, das totale Freiheit zuläßt.

37

Ein französischer Verleger, der einen sinkenden Klassikerabsatz feststellt, beschließt, eine neue Reihe zu starten, in der aber nicht mehr unbekannte Gelehrte, sondern derzeit beliebte Stars die Vorwörter schreiben sollen. So wird Brigitte Bardot mit der Einführung zu Baudelaire, der Rennfahrer Raymond Poulidor mit der zu Proust und der Schauspieler Jean-Paul Belmondo, der früher

Boxer war, mit der zu Rimbaud beauftragt. Belmondo beginnt seinen Vorspann mit den Worten: »Sooft ich ein Gedicht von Rimbaud lese, ist mir, als träfe mich ein Faustschlag am Kinnbacken.« Verkauf gesichert.

38

Das Spiel an der Börse muß eine melancholische Beschäftigung sein. Wenigstens nach den Hunderten von Börsianern zu schließen, die ich täglich in den Cafés an der Place de la Bourse sehe. Punkt halb drei kommen diese rätselhaften Herren allein oder in Gruppen über die Freitreppe aus ihrem klassizistischen Tempel heraus. Was für eine Klasse von Menschen sind sie? Alle sind anständig gekleidet, doch kann man nicht sagen, daß sie elegant wären. Ihr Alter schwankt zwischen dreißig und sechzig Jahren. Sie sind nicht besonders redselig oder mitteilsam, außer unter sich, wenn sie ihren kleinen Clan bilden. Es sind eher besorgte Leute, die abwarten können. In einem Punkt gleichen sie den Lottospielern: Sie haben die gleiche Schicksalsergebenheit und im Grunde die gleiche beharrliche Hoffnung. Vielleicht ist ihre Beschäftigung ebenso vergeblich, ebenso romantisch wie die Literatur. Offenkundig sind sie nicht »dans le coup«. Irgendwer manipuliert sie, steht über ihren Prognosen, eine Art Finanzgottheit, deren Absichten sie zu durchschauen trachten. Täglich kommen sie mit der Gewißheit zum Tempel, einem Ratschluß des Olymp auf der Spur zu sein, aber gewöhnlich irren sie sich. Wollen sie reich werden? Sind sie es? Welches Mittel wäre dazu besser geeignet, als – statt ein Geschäft zu eröffnen – da zu sein, wo das Geschäft auf seinen abstraktesten Ausdruck, eine Wandtafel mit Kursnotierungen, reduziert ist? Deshalb hat ihr Beruf auch etwas Religiöses, etwas Esoterisches, und wird nur von Initiierten ausgeübt. Sie sind so etwas wie die Gläubigen – nicht die Priester, die im Verborgenen bleiben – bei der großen täglichen Messe des Weltkapitalismus.

39

Jeder Freund besitzt ein verborgenes Schubfach unseres Seins, zu dem allein er den Schlüssel hat. Ist der Freund gegangen, bleibt das Fach für immer zugesperrt. Sich von den Freunden entfernen heißt also, einen Teil unseres Seins abzuschließen. Ich wäre anders geworden, hätte ich mit bestimmten

Jugendfreunden weiterhin Umgang gehabt. Aber die Umstände haben uns getrennt, und wir haben die Reise fortgesetzt, jeder für sich, und gerade deshalb verstümmelt. Daher kommt es, daß es von einem bestimmten Alter an schwierig ist, neue Freunde zu gewinnen. Alle Facetten, die unsere Persönlichkeit darbot, sind schon belegt, besetzt, versiegelt von den alten Verbindungen. Keine Fläche ist mehr frei, auf der die neue Freundschaft sich festsetzen könnte, es sei denn, der neue Freund gleiche dem früheren ganz außerordentlich und dringe kraft dieser Ähnlichkeit widerrechtlich in den geheimen Bezirk der ersten Freundschaft ein. Aber soviel Zuneigung auch entstehen mag, er wird immer der Nachahmer, der Fälscher sein und nie in die am höchsten geschätzte Kammer gelangen. Eine sicherlich lächerliche Kammer, die vielleicht nur ein Häuflein Kieselsteine verwahrt, die aber die Augen des Freundes, des ersten, in das verwandelt haben, was er sehen wollte: das Unersetzliche.

40

Es ist notwendig, jedes Kind mit einem Haus auszustatten. Einer Stätte, die ihm später, selbst wenn sie verlorengeht, als Zuflucht dienen, die es auf der

Suche nach seinem Schlafplatz, seinen Spielen, seinen Phantasmen im Geist durchlaufen kann. Ein Haus, ich weiß schon, es wird aufgegeben, zerstört, verloren, verkauft, verlassen. Aber dem Kind muß es gegeben werden, weil es nichts davon vergißt, weil nichts verschwendet sein wird, sein Gedächtnis die Farbe der Wände, die Luft der Fenster, die Flecken an der Decke und selbst »die verborgene Figur in den Adern des Marmors am Kamin« bewahren wird. Dem Kind wird alles zum gehorteten Schatz. Später spielt das keine Rolle mehr. Man gewöhnt sich daran, ein Wanderer zu sein, und das Haus wird zur Herberge. Aber für das Kind ist das Haus seine Welt, die Welt. Heimatloses Kind, Kind ohne Haus. In wechselnden, fremden, fliehenden Häusern, die nichts als verblassende Bilder schäbiger Möbel und bedeutungsloser Mauern hinterlassen. Wo sollte es in all dem Hin und Her und Kreuz und Quer seine Kindheit suchen? Das richtige Haus hingegen ist der Ort, wo man im Umkreis der Verlockung, des Traums, der Phantasie, des Räuberns, des Entdeckens und des Staunens seine Zeit verlebt und sich wandelt. Seiner Gestalt und seinen Gegenständen ist eingeschrieben, was wir sein werden. Nichts in der offenen und schnell sich wandelnden Welt kann den geschlossenen Raum unserer Kindheit ersetzen, wo etwas geschah, das uns zu anderen machte und das weiter besteht und das wir herüberretten können, wenn wir uns an jenen Ort, an unser Haus erinnern.

41

Der kleine französische Kaufmann identifiziert sich so sehr mit seinem Geschäft, daß er seine Persönlichkeit verliert, sobald er es verläßt. Wie oft begegne ich in meinem Viertel Männern und Frauen, die ich kenne, ohne daß ich mit Bestimmtheit sagen könnte, daß sie der Fleischer, der Wurstmetzger, die Gemüsefrau oder die Krämerin sind. Nur wenn ich sie in ihrer gewohnten Umgebung ein Rind zerteilen, Kartoffeln abpacken oder Wein ausschenken sehe, erkenne ich sie wieder. Es ist, als existierten sie nur bezogen auf die Gegenstände, mit denen sie umgehen, und im Kontext einer bestimmten Tätigkeit. Diese Tätigkeit macht sie zu Individuen, verleiht ihnen ein Sein. Ohne sie werden sie wieder unpersönlich, anonyme Wesen, Subjekte eines unvollständigen Satzes, von dem wir nicht wissen, wie wir ihn vervollständigen sollen.

42

Was die Menschen zugrunde richtet, sind weniger ihre großen Laster als ihre kleinen Fehler. Mit der Faulheit, der Verschwendungssucht, dem Tabak oder der Ausschweifung lebt es sich recht gut. Wie schädlich sind hingegen Nachlässigkeiten oder minimale Versäumnisse! Wie manche Gesellschaften scheint das Leben die großen Verbrechen zu dulden, die Nachlässigkeiten aber unerbittlich zu ahnden. Ein Bankier kann ohne weiteres den Fiskus betrügen oder Waffen schmuggeln, aber gnade ihm Gott, wenn er mit seinem Auto ein rotes Licht überfährt.

43

Der Angestellte, der nach vier Monaten Krankheitsurlaub seine Arbeit in der Agentur wieder aufnimmt. Er war ein großer dicker Mann mit Bauchansatz, Silbermähne und ewig brennender Zigarette zwischen den fleischigen Lippen. Was von ihm zurückkehrt, ist so sehr eine Kurzfassung, eine plumpe Skizze dessen, was er einmal war, daß wir ihn nicht wiedererkennen. Was ist von ihm geblieben? Wahrscheinlich weiß er es selbst nicht, denn als wir ihn wiedersehen und schließlich identifizieren, schaut er uns ängstlich und traurig an, mit einem Blick wie aus den tiefsten Tiefen eines Kerkers. Eingesperrt in seine neue Physiognomie, bittet er, ja fleht fast, daß wir ihn wiedererkennen und ihn durch unseren Gruß daraus erretten möchten. Die Krankheit hat in ihn eingeschnitten, ihn verkürzt, erniedrigt, ausgehöhlt, gebeugt, kahl gemacht, verschreckt, in einen anderen Mann verwandelt, dessen Personalien vermutlich die gleichen geblieben sind und der sein Gedächtnis behalten hat, der aber nicht mehr derselbe blonde und rauchende Dicke ist, sondern das Gespenst seines eigenen Alters, das über eine gnadenlose Verkürzung des Weges – die schwere Krankheit – vorzeitig zu uns gelangt ist. Sein Gesicht hat den Ausdruck des Menschen, der soeben einem furchtbaren Unfall, einem Schiffbruch entronnen ist, bei welchem der Tod Zeit hatte, ihm seinen Besitzerstempel aufzuprägen.

44

Man projiziere Farbdias von den großen Meistern: Rembrandt, Velázquez, Leonardo etc. Danach projiziere man Ausschnitte aus ihren Bildern, zum

Beispiel eine Felsenlandschaft im Hintergrund, den Brokat eines Vorhangs, die Zeichnung eines Teppichs oder einfach ein Gesicht im Vordergrund. Diese Einzelheiten sind bereits moderne Malerei, impressionistisch, kubistisch oder nichtfigurativ. Man könnte meinen, daß in den Gemälden der großen Meister potentiell die ganze moderne Malerei enthalten ist, ebenso wie in einigen Seiten von Rabelais oder Cervantes die ganze literarische Kunst unserer Tage. So gesehen wäre die als modern bezeichnete Kunst nichts anderes als ein erweitertes Detail der alten oder ein »Näher-Hinschauen« auf die Wirklichkeit. Simple Frage der Distanz.

45

In der Rue Gay Lussac ging ich an dem Kolumbianer vorüber, der in meiner Kabine reiste, als ich 1958 an Bord der *Marco Polo* nach Peru zurückkehrte. Damals waren wir dicke Freunde, wir lebten auf kleinem Raum zusammen, lasen, rauchten und tranken gemeinsam. Jetzt, sechs Jahre später, gehen wir wie Unbekannte aneinander vorüber und bringen nicht den Mut auf, stehenzubleiben und uns die Hand zu geben. Was mich überrascht, ist nicht nur die Zerbrechlichkeit von Freundschaft, sondern die Koinzidenz, daß wir uns in Paris getroffen haben und zum zweiten Mal, wenn auch nur für Sekunden, einen eng begrenzten Raum zusammen eingenommen haben. Die unendliche Verkettung, damit diese Begegnung stattfinden konnte! Von unserem Abschied im Jahr 1958 in Cartagena bis zu dem Augenblick in der Rue Gay Lussac mußten alle Handlungen seines und meines Lebens mit geradezu unmenschlicher Präzision gelenkt worden sein, damit er und ich auf dem gleichen Gehsteig zusammentreffen konnten. Irgendeine winzige Abweichung, gestern oder vor einer Woche oder vor einem Jahr, hätte diese Begegnung verhindert. Tatsächlich tun wir im Leben nichts anderes, als an Menschen vorüberzugehen. Mit den einen plaudern wir fünf Minuten, mit anderen legen wir eine Wegstrecke zurück, mit wieder anderen leben wir zwei oder drei Jahre, mit noch anderen wohnen wir zehn oder zwanzig Jahre unter einem Dach. Aber im Grunde gehen wir immer nur aneinander vorüber (die Zeit spielt dabei keine Rolle); wir gehen aneinander vorüber, immer aus Zufall. Und immer trennen wir uns.

46

Die Welt ist nicht für Kinder geschaffen. Deshalb ist ihr Kontakt mit der Welt immer schmerzhaft, manchmal eine Katastrophe. Nimmt es ein Messer, schneidet es sich, steigt es auf einen Stuhl, fällt es herunter, läuft es auf die Straße, wird es von einem Auto überfahren. Merkwürdig, daß in soviel tausend Jahren Zivilisation nichts getan wurde, um diesen Konflikt zu entschärfen oder zu lösen. Gewiß, das Spielzeug wurde erfunden, das eine Welt im kleinen, zu Gebrauch und nach Maß der Kinder ist. Aber die langweilen sich mit ihren Spielsachen und wollen aus Nachahmungstrieb ständig mit den Dingen der Erwachsenen hantieren. Wie entschlossen und spontan stürmen sie ihrem Erwachsensein entgegen, wie hartnäckig wollen sie es den Großen gleichtun! Und um den Preis von Schmerz lernen sie. Es ist geradezu die Bedingung für ihren Fortschritt, daß sie ständig mit der Welt der Erwachsenen in Fühlung sind, mit dem Großen, dem Schweren, dem Unbekannten, dem Verletzenden. Das Ideale wäre natürlich, daß sie in einer Welt für sich lebten, abgeschirmt, ohne Messer, die schneiden, ohne Türen, die Finger einquetschen, unter Kindern. Aber dann würden sie sich nicht entwickeln. Kinder lernen nichts von Kindern.

47

Vom Altertum bis in unsere Tage haben die Menschen einen gemeinsamen Nenner: die Grausamkeit. Sie hat in unserer Zeit nicht abgenommen, sie wurde delegiert und dadurch fast unsichtbar. Jetzt wird sie von amtlich bestallten Professionalisten ausgeübt (Polizei, Folterer, Stoßtrupps etc.), die sie kanalisieren und nach Vorschrift praktizieren, meist im verborgenen. In alten Zeiten hingegen war sie öffentlich und wurde direkt ausgeübt: Bischöfe enthaupteten, Könige hängten eigenhändig. Im 14. Jahrhundert kommt Karl III. von Frankreich nach Brügge, sieht in der Kathedrale die viertausend Steigbügel der französischen Soldaten, die unter Philipp dem Schönen von den Flamen umgebracht worden sind, und befiehlt auf der Stelle, alle Bewohner der Stadt niederzumachen. Monströse, kalte, um ein Jahrhundert aufgeschobene Rache.

48

In privilegierten Augenblicken erreicht mein Blick eine unerträgliche Schärfe und meine Intelligenz eine Kraft des Durchschauens, die mich erschrekken. Alles wird mir zum Zeichen, zur ahnungsvollen Bedeutung. Die Dinge sind nicht mehr, was sie scheinen, sondern werden, wahrscheinlich, zu dem, was sie sind. Der Freund, mit dem ich mich unterhalte, ist ein Haustier, dessen Worte ich kaum verstehe; das Lied von Monteverdi, das ich höre, die Summe aller bis dahin erfundenen Melodien; das Glas, das ich in der Hand halte, ein Gegenstand, den, über die Jahrhunderte hinweg, der Mensch aus der Steinzeit mir anbietet; das Auto, das über den Platz fährt, der Traum eines sumerischen Kriegers; und sogar mein armer Kater, er ist der Vorbote der Erkenntnis, der Versuchung und der Katastrophe. Jedes Ding verliert seine Unschuld und wird das, was es verbirgt, im Keim enthält oder bedeutet. In diesen unerträglichen Augenblicken wünscht man sich nur noch, die Augen zu schließen, sich die Ohren zuzuhalten, das Denken abzustellen und in einem Traum ohne Ufer unterzutauchen.

49

Die Überraschung oder besser, das Grauen, das ich empfand, als der Agenturangestellte mit seinem atrophierten Arm, diesem Arm, der kürzer ist als der andere und in einer Hand endet, die keine Hand, sondern ein mit Fingernägeln besetzter Stummel ist, dem Barkellner drohte. In diesem Augenblick wurde mir klar, daß die Extremität, die ich für seinen schwächsten Punkt hielt und derentwegen ich ihn bedauerte, das normale Werkzeug seiner Aggression war.

50

Der Polizist in der Metro; schöne Stirn, nobler Blick, gut geschnittene Nase, der Gesichtsausdruck sensibel und intelligent, so daß ich mich frage, was dieser potentielle Künstler in dieser um alles Ansehen gebrachten Uniform macht. Plötzlich tritt ein Kamerad zu ihm und sagt ihm etwas ins Ohr. Der Polizist fängt zu lachen an, die Augen quellen hervor, seine Nase plättet sich, seine Kinnbacken beginnen sich zu verrenken, sein perfektes Gebiß kommt zum Vorschein, alle Sehnen und Nerven seines Halses vibrieren, seine Gesichtsmuskeln versteifen sich, und seinem Schlund entquillt ein Gebrüll, schaurig und unmenschlich wie das eines gehetzten Ebers oder eines vom Degen durchbohrten Stiers. Sein Lachen verrät ihn.

51

Lektüre des fünften Bandes der Geschichte Frankreichs von Michelet. So wie ich die Einzelheiten dessen, was ich gelesen habe, vergesse und außer drei, vier Anekdoten nur einen allgemeinen Eindruck von Unbehagen und Grauen zurückbehalte, so vergißt die Welt ihre eigene Geschichte, befragt sie nicht und zieht keine Lehren aus ihr. Man könnte meinen, Geschichte werde nur gemacht, um vergessen zu werden. Wer, es sei denn ein Spezialist, denkt heute über die Steuerlasten nach, die Philipp der Schöne den Juden auferlegte, oder über die Beschlagnahme und Auflösung des Templerordens? Deshalb wird der Geschichtsschreibung des Jahres 3000 der Zweite Weltkrieg, der die Menschheit so teuer zu stehen kam, allenfalls einen Absatz wert sein und der Vietnamkrieg eine Anmerkung am Schluß des Buches, die kaum einer lesen wird. Die Erklärung besteht darin, daß der Mensch Geschichte nicht gleichzeitig studieren und machen kann, denn das Leben baut auf den Zerfall des Gedächtnisses.

52

Zug fahren in Fahrtrichtung oder mit dem Rücken zu ihr. Die physische Menge an Landschaft, die man sieht, ist die gleiche, aber wie verschieden ist der Eindruck, den man davon hat. Wer in der richtigen Richtung reist, fühlt die Landschaft auf sich zukommen oder besser, er fühlt sich auf die Landschaft zugehen; wer mit dem Rücken zur Fahrtrichtung reist, fühlt, daß die Landschaft ihn flieht, ihm aus den Augen entschwindet. Im ersten Fall weiß der Reisende, daß er einem Ort entgegenfährt, dessen Nähe er mit jedem Bruchteil des ihm erscheinenden Raums vorausspürt; im zweiten Fall entfernt er sich von etwas. So scheinen im Leben manche Leute mit dem Rücken zur Fahrtrichtung zu reisen: Sie wissen nicht, wohin sie gehen noch was sie erwartet, alles entgleitet ihnen; die Welt, die andere durch einen frontalen Akt der Wahrnehmung assimilieren, ist ihnen nur Flucht, Rückstand, Verlust, Ausscheidung.

53

Entfernung. Aus zweihundert Metern können wir nicht wissen, ob eine Frau schön ist. Auf Zentimeternähe gerückt, sind sich alle gleich. Die Wahrnehmung von Schönheit braucht einen bestimmten besonderen Spielraum, der nicht nur mit dem Beobachter, sondern auch mit dem Beobachteten variiert. Wenn wir unter uns waren, sagten wir unter Verwendung eines vereinbarten Geheimausdrucks von einer Frau: »Sie hat gute Ferne«, denn aus einer bestimmten Entfernung erschien sie hübsch, kam sie jedoch näher, war sie es nicht mehr. Andere Frauen hingegen haben »gute Nähe«, doch entfernen sie sich, stellen wir fest, daß sie schlecht proportioniert sind, oder mager, oder krummbeinig. Welcher Abstand soll uns als Maßstab dienen, um ein ästhetisches Urteil über eine Person abzugeben? Ein Freund, dem ich die Frage vorlegte, gab mir zur Antwort: »Den Gesprächsabstand.«

54

Die Beziehungen, die einer zu seiner Frau hat, werden, sie mag noch so schön sein, mit der Zeit ebenso Routine wie jene, die er zu seiner Stadt unterhält. Routine in dem Sinn, daß die Aufmerksamkeit nachläßt und man vom nahen Gegenstand nur noch bestimmte Referenzpunkte wahrnimmt. So wie wir, wenn wir mehrere Jahre in einer Stadt gelebt haben, die Plätze, Avenuen, Denkmäler nicht mehr sehen – es sei denn, der Zufall oder eine Verpflichtung stellten sie vor uns hin (»Ach, hier standen doch mal Bäume« oder »Oh, sieh mal, dieses schöne Portal« etc.) –, so entdecken wir, daß unsere Frau Brüste oder hübsche Augen oder appetitliche Hüften hat. Aber das sind sporadisch auftretende, sozusagen anomale Augenblicke, denn sie verlangen von uns eine neue Sehweise oder eine Neuregulierung der Scheidewand des Bewußtseins, was Anstrengung voraussetzt und deshalb auf unseren Widerstand stößt. Aus diesem Grund wird das Eheleben, wenn keine Kinder, keine gemeinsamen Interessen, keine intellektuellen Neigungen und, vor allem, wenn keine Übereinstimmung der Temperamente und keine sexuelle Verträglichkeit gegeben sind, zu einer Fiktion, zu einer Kumpanei mit verbundenen Augen, die ebenso gespenstisch ist wie der tausendmal zurückgelegte Weg in einer Stadt, in der uns nur noch unsere Reflexe leiten. Die Frau begreift das und versucht manchmal, sich sichtbar zu machen durch eine neue Frisur, ein Detail ihrer Kleidung oder eine Aufforderung, ihr durch das noch unerforschte verpönte Viertel ihres Körpers zu folgen. Auch der Mann begreift es und verlangt manchmal nach einem Wechsel der äußeren Erscheinung (der pathologische Fall des Transvestiten). Aber auch Verkleidungen ermüden und sind eben nur Verkleidungen.

55

Gestern dachte ich plötzlich zurück an die Nächte in Miraflores und begann eine Erzählung zu schreiben. Da, und erst da, wurde mir klar, daß diese Nächte – gegen zwei oder drei Uhr morgens – eine besondere Musik hatten. Sie waren nicht still. Damals, als wir sie erlebten, sagten wir sogar: »Welche Ruhe! Nichts ist zu hören.« Aber das war falsch. Erst jetzt, da ich mir diese Nächte in der Absicht, sie zu beschreiben, ins Gedächtnis zurückrufe, kann ich die leisen Geräusche wahrnehmen, die sie bewohnten. Brandungen an der Steilküste, Aufstöhnen der fernen Trambahn, Hundegebell auf den Hügeln und eine Art von Gezirp, ein fortwährendes gedämpftes Lautgeben wie von einer tief im Keller klagenden Trompete. Da begriff ich, daß Schreiben weniger ein Übermitteln von Bekanntem als ein Erlangen von Kenntnis ist. Der

Akt des Schreibens erlaubt uns, eine Realität zu erfassen, die sich uns bis dahin nur unvollständig, verschleiert, flüchtig oder chaotisch zeigte. Viele Dinge erkennen oder begreifen wir erst, wenn wir sie aufschreiben. Denn schreiben heißt uns selbst und die Welt mit einem Instrument erforschen, das viel rigoroser ist als das unsichtbare Denken: mit dem graphischen, visuellen, umkehrbaren, unerbittlichen Denken in den Zeichen des Alphabets.

56

Ein Freund klärt mich beiläufig, als handle es sich um etwas Belangloses, über eine Sache auf, die vor Jahren, vor vielen Jahren geschehen ist, und plötzlich habe ich ein Gefühl, als stürzten Bergwerksstollen in mir ein. Ganze Zonen meiner Vergangenheit sinken in sich zusammen, werden überflutet oder umgebildet. Das beweist mir einmal mehr, daß wir über nichts Herr sind, nicht einmal über unsere Vergangenheit. Alles, was wir erlebt haben und was wir als ein endgültig und unveränderlich Erworbenes anzusehen geneigt sind, ist ständig von unserer Gegenwart, von unserer Zukunft bedroht. Die wunderbare Liebesgeschichte, die wir in einem Sarkophag unseres Gedächtnisses aufbewahrten und die wir von Zeit zu Zeit aufsuchten, um darin ein wenig Stolz, Mut, Wärme oder Trost zu finden, kann zu Staub zerfallen wegen des Briefes, den wir eines Tages beim Umstellen der Bibliothek in einem alten Buch finden. Eine Dirne eröffnet uns eines Nachts, daß der verehrte Vater, der bis in die späte Nacht im Büro blieb, um mehr Geld zu verdienen und seine Familie reichlicher versorgen zu können, zu eben dieser Zeit die verrufensten Bordelle der Stadt besuchte. Durch einen Zufall erfahren wir, daß der erwachsene Freund, den wir als Kinder bewunderten, weil er sich so großzügig und teilnehmend um uns bemühte, ein Päderast war, der uns listig den Hof machte in der Absicht, uns zu verführen. Aber nicht alles nimmt Schaden in dieser fortwährenden Erosion der Vergangenheit. Auch die düsteren Epochen hellen sich auf. So war die Großmutter, die wir haßten und die uns mit ihrer Strenge, ihrer schlechten Laune, ihren Schrullen die Kindheit vergällte, in Wirklichkeit eine gute Frau, die, unheilbar krank, im Morgengrauen Werbesendungen austrug, um uns von ihrem Lohn Süßigkeiten kaufen zu können. Kurzum, nichts, weder Frieden noch Ruhm, noch Schmerz, noch Unglück haben wir wirklich erworben. Jeder Augenblick macht uns zu anderen, nicht nur, weil er dem, was wir sind, etwas hinzufügt, sondern weil er darüber bestimmen wird, was wir sein werden. Was wir waren, können wir nur wissen, wenn uns nichts mehr betreffen kann, wenn – wie jemand gesagt hat – das Bild an der Wand hängt.

57

Die einzigen kultivierten Menschen am Strand von Albufeira sind die Bauern, die manchmal von ihren Feigen- und Mandelgütern herunterkommen, schwarz gekleidet unter der sengenden Sonne, mit ihrer seltsamen Art, den Hut vorne tief über die Augen gezogen und hinten hoch über dem Nacken zu tragen. Schweigend, ein wenig erstaunt, aber mit Würde, Nachsicht und Weisheit betrachten sie die Touristen, die, als Frösche verkleidet, in der Gluthitze lebendigen Leibes gehäutet, in Frottésäcke gesteckt, eingefettet wie Feuerwaffen, ihren von Norden gekommenen Fahrzeugen entstiegen sind und nun auf dem Sand herumspringen, *Die Welt, The Times, Le Monde* lesen und, ohne es zu wissen, in diese wunderbare Landschaft die ersten Anzeichen von Barbarei einführen.

58

Jetzt, da mein Sohn in seinem Zimmer spielt und ich in meinem schreibe, frage ich mich, ob das Schreiben nicht vielleicht die Fortsetzung der Kinderspiele ist. Ich sehe, daß er und ich auf das konzentriert sind, was wir tun, und daß wir unsere Tätigkeit, wie das bei Spielen häufig der Fall ist, vollkommen ernst nehmen. Mein Sohn spielt mit seinen Soldaten, seinen Autos und seinen Türmen, und ich spiele mit den Wörtern. Beide ergreifen wir mit den uns zur Verfügung stehenden Mitteln von unserer Dauer Besitz und leben eine imaginäre Welt, die jedoch mit Geräten oder aus Bruchstükken der wirklichen Welt erbaut ist. Der Unterschied liegt darin, daß die Welt der Kinderspiele verschwindet, wenn man zu spielen aufhört, während die Welt des literarischen Spiels des Erwachsenen, zum Guten oder zum Schlechten, fortbesteht. Warum? Weil die Materialien unseres Spiels verschieden sind. Das Kind benützt Gegenstände, während wir Zeichen benützen. Und hier zeigt sich, daß das Zeichen dauerhafter ist als der Gegenstand, den es repräsentiert. Die Kindheit hinter sich lassen heißt genau dies: die Gegenstände durch ihre Zeichen ersetzen.

59

Ein schwarzer Stier im Schatten eines Olivenbaums. Melonenfelder. Wenig Wein. Orangenbäume, so weit das Auge reicht. Olivenhügelchen. Ein verirrtes Feigenkaktusfeld. Durstige Ziegen. Kaum Wasser. Armut. Gewaltige Flächen trockener Sonnenblumen. Eine trauerschwarze alte Frau harkt die Erde unter der Sonne. Herumziehende Zigeuner. Andalusien.

60

Lasset die Krüppel, die Armen im Geiste, die Bettler und Parias zu mir kommen. Sie kommen auf ganz natürliche Weise zu mir, ohne daß ich sie rufen müßte. Ich brauche nur in einen Metrowagen einzusteigen, und bei jeder Station steigen sie ihrerseits einer nach dem andern zu und kreisen mich ein, bis ich so etwas wie der heillose Monarch eines Mirakelhofes geworden bin. Die Jugend, die Schönheit – auf dem Bahnsteig gegenüber, im nächsten Wagen, im Zug, der abfährt. An wie vielen Gabelungen der Metrostollen habe ich für immer eine Liebe verloren.

61

An diesen leeren, abgeschriebenen Vormittagen, an denen ich Musik höre, ohne zu hören, rauche, ohne den Tabak zu schmecken, durchs Fenster schaue, ohne etwas zu sehen, verliere ich in Wirklichkeit jeden Kontakt zur Wirklichkeit, ohne dadurch in engeren Kontakt zu mir selbst zu treten, treibe, weder in der Welt noch in meinem Bewußtsein, in einer Art Niemandsland dahin, wo die Dinge und die Vorstellungen von den Dingen abwesend sind, und behalte nichts zurück, von diesen Vormittagen, als eine Dauer ohne Inhalt.

62

Der Zufall meiner Arbeiten und Wanderungen führt mich in das Stadtviertel Saint-Cloud in die Nähe eines Hauses, wo vor sechzehn Jahren eine Freundin wohnte. Ich gehe zurück, erkunde, suche den Ort, den sie bewohnte. Ich komme an die Seine und laufe ein Stück den Kai entlang. Vergebliche Suche. Die alte Brücke wurde durch eine modernere ersetzt, und deswegen mußte ihr Haus, das auf den Fluß ging, abgerissen werden. Genau da, wo ihr Bett stand, ihr Schlafzimmer mit Terrasse zum Fluß, steht nun der Brückenpfeiler lotrecht über einem Zementsockel. Nichts ist geblieben. Und ich, der ich nur ein klein wenig das Fenster betrachten wollte, wo wir gemeinsam am Abend die Motorboote vorbeifahren sahen. Sie, Tausende Kilometer weit von hier, denkt nicht daran, und ich, wäre ich nicht in das Viertel gekommen, würde auch nicht daran denken. Aber der Ort, warum mußte auch er nicht nur dem Vergessen, sondern der Zerstörung anheimfallen? Welches Zeugnis? Welche Spur? Auch die Orte, an denen wir glücklich waren, sterben.

63

Triviale Beobachtung, die mich verblüfft hat, so sehr, daß ich die Vorstellung habe, es müsse ein unverzeihlicher Betrug dahinterstecken. Ich ging von dem Prinzip aus, daß ich zwei Eltern, vier Großeltern, acht Urgroßeltern, sechzehn Ururgroßeltern habe. Warum nicht weiter gehen? Mit Bleistift und Papier setzte ich die Progression fort. Im Jahr 1780 hatte ich 64 Vorfahren (dreißig Jahre pro Generation gerechnet), im Jahr 1480 hatte ich 65 536, im Jahr 1240 hatte ich 16 713 216, im Jahr 1060 hatte ich 1069645824. Und weiter ging ich nicht, weil ich schon ins Absurde, in das größte geschichtliche Falsche kam, aus dem einfachen Grund, daß im Jahr 1060 die Weltbevölkerung nicht einmal zweitausend Millionen Einwohner zählte. Welche Erklärung bietet sich an? Inzeste und Polygamie mögen diese Zahl teilweise vermindern, reichen aber nicht aus, ihre unannehmbare Höhe zunichte zu machen. Mysterium. Paradox: Jeder Bewohner der Erde stammt von sämtlichen früheren Erdenbewohnern ab (umgekehrter Kegel), aber von einem frühesten Erdenbewohner und seiner Ehehälfte stammen alle gegenwärtigen Bewohner ab (normaler Kegel).

64

Die Stewardessen bilden zahlreiche Sekten und gehören verschiedenen Fluggemeinden an. Sie sind Priesterinnen der Religion, der Technik und sind grundsätzlich dem Tod geweiht. Die einen in Rot, andere in Blau, andere in Gelb, hasten sie durch den Flughafen, grüßen sich, treffen sich, zerstreuen sich wieder, verschwinden, geleitet von einer allerobersten unsichtbaren Stimme, die sie an die Windrose ausliefert. Wie viele von ihnen haben noch am

Morgen ihren Körper gewaschen, die Nylonstrümpfe angezogen, die Wimpern getuscht, und Stunden, nachdem sie das Flugzeug bestiegen haben, enden sie, hängen in Fetzen in den Bäumen seelenloser Tropen oder sind für immer unzugänglichsten Berggipfeln eingestanzt.

65

Auf demselben menschenleeren Gehsteig, auf dem ich gehe, kommt mir aus etwas hundert Meter Entfernung ein Mann entgegen. Der Gehsteig ist breit, bietet uns also reichlich Platz, aneinander vorbeizugehen, ohne uns zu berühren. Aber je näher der Mann kommt, desto mehr versagt diese Art von Radar, die wir alle in uns haben; wir werden beide unsicher, gehen im Zickzack, versuchen uns auszuweichen, aber so ungeschickt, daß wir direkt auf die drohende Kollision zusteuern. Es kommt aber nicht soweit, denn als nur noch ein paar Zentimeter fehlen, gelingt es uns, zu bremsen. Gesicht an Gesicht stehen wir uns gegenüber, und während des Bruchteils einer Sekunde wechseln wir, ehe wir unseren Weg fortsetzen, einen niederschmetternden Blick des Hasses.

66

Je besser ich die Frauen kenne, desto mehr erstaunen sie mich. Wenn es im Menschengeschlecht nicht zu irgendeiner Mutation kommt, werden diese Männlein, die anstelle unseres Gehänges eine Furche, ein Futteral zwischen den Beinen haben, weiterhin rätselhaft, dumm, genial, lächerlich, mit einem Wort: wunderbar sein. Was an ihnen zieht mich an? Wenn man auf die Vierzig zugeht, wird einem klar, daß es sich besser im Umgang mit Frauen als mit Männern lebt. Sie sind loyal, aufmerksam, verwundern sich leicht, sind dienstbereit, opferwillig und treu. Sie rivalisieren nicht mit uns, jedenfalls nicht auf dem Gebiet, wo die Männer rivalisieren: der Eitelkeit und der Liebe. Bei den Frauen wissen wir, woran wir sind. Sie sind entweder für oder gegen uns, aber niemals dieses Halb-und-Halb, diese Eifersucht, diese Reibereien, die wir mit unseresgleichen haben. Außerdem sind die Frauen die einzigen Wesen, die uns in direkten Kontakt zum Leben bringen, das Leben in seiner unmittelbaren, auch tiefsten Bedeutung genommen: der Gesellschaft, der Vereinigung, der Lust, der Befruchtung, der Nachkommenschaft.

67

Wer kennt meine Nachttier-Seite. Wie oft habe ich in meinem Zimmer, beim Lesen eines Buches, durch die Fenster, die Türritzen den Anruf der Nacht gehört? Den Mantel anziehen und anfangen, zu gehen. Kleine Lichter, verhangener oder bestirnter Himmel, Menschen, gewaschen und gekämmt, auf der Suche nach dem Vergnügen. Geruhsame Einkehr in Bars, gemächlich einen guten Tropfen trinken, schauen, denken, fühlen, wie die Verwandlung geschieht ... Plötzlich sind wir ein anderer. Eine unserer hundert toten oder verdrängten Persönlichkeiten ergreift Besitz von uns. Unser Körper wird sie tragen und ertragen bis zum Morgengrauen. Dann wird er sie begraben in einem schlechten Hotelbett, in einem letzten Glas, das nie kommen sollte, Frauengesichter, schöne Kurtisanen, bezahlte Küsse, Komödie der Liebe, meine unzähligen Nächte als namenloser Trinker in Europa, was haben sie mich gelehrt?

Alte und genaue Metapher, die Frau mit der Erde zu identifizieren, mit dem, was gepflügt, besät und abgeerntet wird. Der Pflug und der Phallus erklären sich gegenseitig. Die Frauen sind tatsächlich der Humus, in dem wir angesiedelt sind, aus dem wir kommen, zu dem wir gehen. Der Vollzug des Liebesaktes ist eine Heimkehr, ein atavistischer

Impuls. Er führt uns in die Urhöhle, wo man das Wasser trinkt, das uns das Leben gegeben hat.

68

Immer mehr habe ich den Eindruck, daß sich die Welt zunehmend entvölkert, trotz der lärmenden Autos und dem Gewühl der Menge. Es ist heute so schwer, einen Menschen zu finden. Auf der Straße treffen wir nichts als Silhouetten, Gestalten, Symbole. Ein Taxifahrer zum Beispiel ist kein Individuum, sondern ein soziales Modell: griesgrämig, verbittert, frech. Ehe wir sein Auto besteigen, wissen wir schon, wovon er sprechen wird, welche Tricks er ausklügeln wird, um die Fahrt umwegträchtig und gewinnreich zu machen. Eine Kaufhausverkäuferin ist die gleiche in allen Kaufhäusern: gleichgültig, herablassend, ungezogen. Manieren einer durch die Ungunst des Schicksals hierher verschlagenen großen Dame. Und die Halbwüchsige in Bluejeans, die uns auf der Fahrbahn anspricht, ist nicht der persönliche Engel, von dem wir seit unserer Kindheit geträumt haben, sondern die in Tausenden von Exemplaren aufgelegte Dirne, die hier wie in London, San Francisco oder Hamburg den Passanten anhält und von ihm die Münze erbittet, die für den archetypischen Bärtigen bestimmt ist, der an der nächsten Straßenecke auf sie wartet, während er sich einen Joint dreht. Ich begreife die Ursachen dieses Verfalls der Persönlichkeit in den wahnsinnig gewordenen Großstädten, ich stelle jetzt nur seine Auswirkungen fest. Aber es ist peinigend, daß wir unter Phantasmen leben müssen, vergeblich nach einem Lächeln, einer Einladung, einer Öffnung, einer großzügigen oder uneigennützigen Geste suchen müssen und uns zuletzt gezwungen sehen, inmitten der Menge in der Wüste zu wandern.

69

Ein auffallender gelber Lieferwagen fährt vorbei, mit der Werbeaufschrift: »Café fort décaféiné pour actifs décontractés.« (»Hochgradig koffeinfreier Kaffee für entspannte Aktive.«) Sofort entsteht in meinem Kopf, deutlich, aufdringlich, grob sinnlich, das Bild des »actif décontracté«. Ich sehe in ihnen die Rasse der Triumphatoren. Manager, Filmschauspielerinnen, Fernseh-Animateure, Informatik- oder PR-Techniker etc. Und anschließend entdecke ich, daß die Frustierten, die Durchschnittsmenschen mit diesen Leuten niemals in

Berührung kommen und dies der Grund ist, warum sie, da sie nichts von ihnen lernen und sie nicht nachahmen können, weiterhin durchschnittlich und frustriert bleiben. Erfolgsmenschen suchen und treffen sich nur mit Erfolgsmenschen, und Versager mit Versagern. Dadurch vertieft sich die Kluft zwischen den Triumphatoren und den Aufgeschmissenen ebenso wie die Kluft, welche die Wirtschaftswissenschafter zwischen armen und reichen Ländern ermittelt haben. Ein Millionär, der mit armen Schluckern verkehrt, ist ebenso ungewöhnlich wie ein erfolgreicher Künstler, der sich bei Sonntagsmalern aufhält. Menschen, die Triumphe feiern, bilden auf der Stelle eine Loge, und dasselbe tun auch die Reichen, denn Triumph und Reichtum sind komplementär, die beiden Seiten ein und derselben Münze. Und diese spontane Verbindung läßt sich erklären: Der Erfolg ruft den Erfolg, wie das Geld das Geld ruft. Erfolg kann nur zunehmen, wenn er mit dem Erfolg in Kontakt ist, weil er sich darin spiegelt und verstärkt, ebenso wie die Reichen Verbindungen mit Reichen eingehen, weil aus ihrer Verbindung Vermögenszuwachs hervorgeht. Das erklärt auch die Gier der Masse nach Fernsehen, Filmzeitschriften, dem Geheim- oder Privatleben von Millionären und Kleinkönigen. Es ist die einzige Form, zu den unerreichbaren Sphären des Ruhms und des Reichtums Zutritt zu erlangen. Eine mittelbare Teilhabe zwar, durchs Schlüsselloch der Regenbogenpresse, aber doch geeignet, Illusionen zu nähren oder dem leer Ausgegangenen wenn schon nicht den Weg, so doch die Richtung zu zeigen, den die »actifs décontractés« eingeschlagen haben, und vor allem die Früchte, die sie ernten.

70

Wir können uns einen Raum ohne Zeit vorstellen, aber eine Zeit ohne Raum nicht. Die Zeit braucht die Dinge, um da zu sein. In einem absolut leeren Universum gibt es keine Zeit. So ist die Zeit eine Eigenschaft des Seins, etwas, das ihm per definitionem zugehört, von dem wir sie aber nicht abtrennen können. Die Zeit läßt sich weder isolieren noch speichern, weder in einem Kalender noch in einer Sanduhr. Wir können sie nicht aufsparen, um sie später aufzubrauchen. Die Zeit verschwindet nach Maßgabe ihres Verbrauchs. Nach hinten zu ist absolut nichts. Nichts trennt den gestrigen Tag von der Schlacht von Lepanto, sie sind durch ihre jeweilige Inexistenz verbunden. Die einzige mögliche Zeit ist die Zukunft, denn was wir Gegenwart nennen, ist nichts als ein unaufhörliches Verschwinden. Aber selbst von der Zukunft wissen wir nicht, worin sie besteht; sie ist eine bloße Möglichkeit. Wir wissen, daß sie da ist, daß sie auf uns zukommt, daß sie jetzt gleich ankommt. Aber wie? Wo? Also wäre die Zeit der Verfallsbereich dessen, was existiert, wenn nicht der Verfall selbst.

71

Nichts ist deprimierender, als durch ein offenes Fenster das Innere einer Pariser Portiersloge zu sehen. Jede dieser »loges« ist das Heiligtum des Grauenhaften. In diesem kleinen Raum geben sich die häßlichsten Gegenstände der Welt ein Stelldichein. Plastikblumen, »bibelots« aus dem Klempnerladen und, an die Wand gelehnt, diese schaurigen starren Keramikfische, die uns mit ihren blinden Augen durchbohren. Wollte jemand einmal ein Museum oder eine Ausstellung mit den rohesten und vulgärsten Erzeugnissen unseres Handwerks veranstalten, er brauchte sie bloß in diesen »loges« zu sammeln. Der Geschmack dieser Portiersfrauen ist wahrhaft dämonisch, er kennt weder Rast noch Grenzen. Zweifellos gibt es eine ganze Industrie, die darauf spezialisiert ist, diese perversen Gelüste zu befriedigen, und die, von paranoiden Modellisten beraten, eine ganze Palette von Produkten produziert, für die der geistige Markt unbeschränkt ist: Flickenschuhchen, Cupidos aus falschem Marmor, holzgeschnitzte Obstschalen und diese Tischmilieu-Schmuckstücke, eine Art Stilleben aus Majolika, die durch schiere Grauenhaftigkeit faszinieren und am Ende unser ganzes Leben mit Alpträumen bevölkern.

72

Literatur ist Affektation. Wer, um sich auszudrükken, ein Derivat, das Schreiben, und nicht ein natürliches Mittel, die Rede, gewählt hat, muß den Spielregeln gehorchen. Daher kommt, daß jeder Versuch, nicht affektiert zu erscheinen – innerer Monolog, automatisches Schreiben, Umgangssprache –, letztlich eine Affektation zweiten Grades darstellt. Um so affektierter, als ein Proust ein Céline oder ein Borges ein Rulfo sein kann. Was man vermeiden muß, ist nicht die dem Schreiben innewohnende Affektation, sondern die Rhetorik, die der Affektation hinzugefügt wird.

73

Die nordamerikanischen Touristinnen im Omnibus: alt und faltig. Aber faltig auf eine andere Weise, als die Frauen anderer Breitengrade faltig werden. Sie wurden faltig in der Bequemlichkeit und im Wohlleben. Die Runzeln in ihrem Gesicht waren das Ergebnis so unendlich oft wiederholter vergnügter, jubelnder, überglücklicher Gesten, daß sie ihnen die Maske eines Alters ohne Größe verliehen haben, das Alter der Selbstzufriedenheit.

74

Der alte, uralte Jäger, den wir alle in uns haben, kommt unter gewissen Umständen wieder zum Vorschein. Eigenschaften wie Schweigenkönnen, Geduld, Unauffälligkeit, Aufmerksamkeit, Beweglichkeit, Schnelligkeit, Überraschung, die wir verstreut, aber selten auf eine einzige Tätigkeit konzentriert besitzen, geben sich an der Oberfläche unseres Seins ein Stelldichein und verwandeln uns in einen erfahrenen und grausamen Menschen des Paläolithikums. Zum Beispiel: wenn mein Kater eine schwere Missetat begangen hat. Mit welcher Schläue und Ausdauer laure ich ihm dann auf und stelle ihm, hinter einem Sessel oder einer Tür kauernd, endlose Minuten lang eine fein ausgedachte Falle, um endlich über ihn herzufallen und ihn an seiner verwundbarsten Stelle zu packen.

75

Unsere Natur ist bestrebt, den Schmerz auszutreiben, nicht, ihn zu bewahren. Drei Tage nach dem Tod von T. denke ich weniger an sie, und wenn ich es tue, spüre ich nicht mehr diesen Druck auf der Brust, auf der Kehle, diesen Druck, der sich, wenn er nicht beherrscht wird, rasch auf das Gesicht ausweitet, unsere Züge verzerrt und Weinen bewirkt. Den Schmerz werfen wir päckchenweise ab, was uns bleibt, ist nur die Betäubung, die Empörung.

Ein Mädchen von acht Jahren, hinreißend schön, verwöhnt, einzige Tochter von Eltern, die sie anbeteten, intelligente, ebenfalls schöne, in sorglosen Verhältnissen lebende Eltern, die ihrer Tochter ein Leben garantierten, das als ein glückliches vorherzusagen unmöglich sein würde, das aber alle Voraussetzungen erfüllte, nicht unglücklich zu werden. Und dieses Mädchen wird plötzlich Opfer einer unheilbaren Krankheit. Innerhalb eines Jahres, zwischen Einlieferungen ins Krankenhaus und Entlassungen, zwischen Besserungen und Rückfällen, verliert sie nach und nach ihre Schönheit, ihr Haar, ihre Lebendigkeit, bis sie nur noch Knöchelchen und durchscheinende Haut ist, ein trauriges Püppchen, das verstört ist, sich nicht erklären kann, was ihm geschieht, das nicht begreifen kann, warum es früher mit anderen Kindern in Anlagen und Gärten, an Stränden laufen, spielen und springen konnte und nun in diesem Krankenhauszimmer sein muß, wo es das Bett nicht verlassen darf, umringt ist von Krankenschwestern und weißgekleideten Männern, die es beobachten, abklopfen und stechen, und von seinen Eltern, die jedesmal weniger sprechen, täglich an seinem Bett altern, es krampfhaft betrachten wie etwas, das ihnen bald nicht mehr gehören wird. Unwissend, unschuldig, schon vom Tod gebissen, kann es eines Tages plötzlich seine Eltern nicht mehr sehen, auch nicht das Plüschbärchen, mit dem es schlief, auch nicht das Bilderbuch, auch nicht die Spritze, vor der es sich fürchtete, nichts mehr. Jede Seelenregung, jeder Hauch verläßt es, es wird faltig, hohl, leer, ist nur noch Hülle, wie ein Luftballon, aus dem die Luft entweicht.

Es war bei ihm zu Hause, noch vor seiner endgültigen Einlieferung ins Krankenhaus, daß ich das Mädchen zum letzten Mal sah. Trotz einer leichten

Besserung sah es schon damals aus, als ob es nicht eigentlich mehr lebte, sondern Leben mimte. Man hatte ihm ein Spanierinnenkostüm gekauft. Entzückt zog es das Kleid an und spazierte darin durchs Wohnzimmer, spielte flüchtig, stellvertretend die Rolle einer Erwachsenen, eines Alters, das es nie erreichen würde.

Warum macht uns der Tod eines Kindes so traurig? Ist es nicht dasselbe, ob man mit acht oder mit dreißig oder mit fünfzig Jahren stirbt? Nein, denn mit den Kindern stirbt ein Entwurf, eine Möglichkeit; mit den Erwachsenen stirbt etwas schon Ausgelebtes. Der Tod eines Kindes ist eine Verschwendung der Natur, der Tod eines Erwachsenen der Preis für ein schon genossenes Gut.

76

Während ich im Morgengrauen in einem Lokal mit einer Gruppe von Arbeitern zu Abend esse, stelle ich fest, daß, was die sogenannten Gesellschaftsklassen trennt, weniger die Ideen als die Manieren sind. Wahrscheinlich teilte ich die Bestrebungen meiner Tischgenossen und war überdies besser als sie darauf vorbereitet, ihre Ideen zu vertreten; was uns jedoch unüberbrückbar trennte, war die Art und Weise, die Gabel zu halten. Diese einfache Geste, wie auch die Art des Kauens, Sprechens und Rauchens, schuf eine tiefere Kluft zwischen uns als jede ideologische Diskrepanz. Die Manieren nämlich sind ein Vermächtnis, das durch mehrere Generationen hindurch erworben wird und jenseits aller intellektuellen Wandlungen fortwirkt. Ich war einverstanden mit der Kundgebung, von der sie sprachen, sogar mit dem Streik, aber nicht mit der Vulgarität ihres Benehmens und der chaotischen und lauten Art ihres Redens. Mein Beefsteak hätte mir besser geschmeckt, wenn ich es angesichts eines verrotteten Oligarchen gegessen hätte, der aber seine Serviette korrekt gefaltet hätte. Was mir den Umgang mit ihm erlaubt hätte, wären nicht unsere Ansichten gewesen, sondern unser Verhalten, denn die Kommunikation zwischen Menschen ergibt sich leichter über die Formen als über die Inhalte. Manieren haben eine so große Bedeutung, daß die in meinem Land sogenannten »huachafos«, die Möchtegern-Feinen, nicht durch einen Wandel der Mentalität, sondern durch Imitation der Manieren aus einer Klasse in die andere überzuwechseln versuchen, ohne sich, wie die Emporkömmlinge, klarzumachen, daß es leicht ist, Ideen zu kopieren, die unsichtbar sind, aber schwer, die Formen nachzuahmen, denn das verlangt ihnen ein ständiges Beweisenmüssen ab, das sie gewöhnlich der Lächerlichkeit preisgibt. Manieren werden nicht abgeschaut, sondern errungen, sie sind wie eine Anhäufung von Kapital, ein Produkt, Frucht der Anstrengung und der Wiederholung und ebenso gültig wie alles von menschlicher Energie Hervorgebrachte. Sie sind ein Erkennungszeichen, das einer Klasse erlaubt, sich zu identifizieren, untereinander zu verkehren und, jenseits ihrer gelegentlichen Kämpfe und Uneinigkeiten, zusammen zu leben und sich gegenseitig zu unterstützen. Das einzige, was die Manieren nivellieren und durch andere, neue, natürlichere und erträglichere ersetzen kann, sind die echten Revolutionen. Deshalb erkennt man die unechten nicht an der von ihnen verbreiteten Ideologie, sondern am Fortbestehen der Manieren einer Gesellschaft, die sie zerstört zu haben glauben.

77

Männer sind in ihrem Verhalten Frauen gegenüber im allgemeinen töricht, überheblich und schlichtweg abscheulich. Durch meine Metrofahrten bin ich längst vertraut mit dem Zeremoniell der mittelmeerischen Machos – Spanier, Italiener, Algerier, Tunesier und, in geringerem Grad, Franzosen –, die, sobald sie eingestiegen sind, an nichts anderes mehr denken, als eine Frau ausfindig zu machen, vorzugsweise eine hübsche, aber eine x-beliebige, wenn keine hübsche da ist, um die drangvolle Enge zu nutzen und sich an ihr zu reiben. Besteht kein Massenandrang, dann, macht nichts, versuchen sie sich vor einer Frau aufzustellen, um ihr zehn oder zwanzig Stationen lang auf die Beine oder, die romantischeren unter ihnen, unverwandt in die Augen zu schauen, sich vergeblich wer weiß was erhoffend. Aber der Gipfel, jedenfalls was das Schimärische des Plans oder das Ephemere des Lustgewinns angeht, sind die visuellen Aggressionen, denen Frauen von Männern ausgesetzt sind, die nicht in ihrer Metro, sondern in der entgegengesetzten Richtung fahren. Die Wagen kreuzen sich in jeder Station nur für Sekunden, aber auch so fehlt, Gott bewahre, nie ein schnurrbärtiger, schmuddeliger oder krankhaft glatzköpfiger Dreckskerl, der seinen gierigen Blick in den Zug der Gegenrichtung wirft und, findet er eine hübsche Frau darin, sie frech oder geil oder herausfordernd oder anmaßend anstarrt. Welche Funktion erfüllt dieser flüchtige Blick? Ist es die unpersönliche, gewohnheitsmäßige, generische Huldigung des starken Geschlechts gegenüber dem schwachen? Die Absicht, eine Gestalt zu registrieren, die dann Teil eines inneren Harems wird? Die Hoffnung, die beobachtete Frau bei einer Reaktion auf dieses blitzartige sexuelle Ansinnen zu überraschen? Aber, selbst angenommen, die Antwort wäre zustimmend: Wie sollte einer es anstellen, von dem einen Wagen in den der Gegenrichtung umzusteigen oder auch nur in Bruchteilen von Sekunden eine Verabredung zu treffen? All das ist hirnverbrannt, illusorisch. Doch in der Metro geschieht es alle Tage bis zum Ekel, bis zum Mitleid. Denn am Ende seiner Metrofahrt nimmt der mittelmeerische Macho nichts als eine schreckliche Frustration mit, und als Ausweg bleibt ihm nur, entweder mit seiner häßlichen oder schon verschlissenen Frau zu schlafen oder sich stoisch zu masturbieren wie ein Orang-Utan im Käfig.

78

Für einen Vater ist das eigene Kind der aufrichtigste Kalender. Genauer als in Spiegeln oder Almanachen werden wir uns an ihm unserer Vergänglichkeit bewußt und registrieren die Symptome unseres Verfalls. Der Zahn, der bei ihm durchbricht, ist der, den wir verlieren; der Zentimeter, den es wächst, der, um den wir schrumpfen; die Einsichten, die es erwirbt, die, die in uns erlöschen;

was es lernt, das, was wir vergessen; und das Jahr, das es zulegt, das, was uns abgezogen wird. Seine Entfaltung ist das umgekehrt symmetrische Bild unseres Schwindens, denn es nährt sich von unserer Zeit und baut sich auf mit dem, was unserem Sein fortwährend amputiert wird.

79

Alkohol versetzt unsere Sinne in eine Schwingung, die es uns erlaubt, die Wirklichkeit verzerrt wahrzunehmen und neu zu lesen. Was als eine Gesamtheit aufgefaßt werden sollte, kommt zerstückelt bei uns an, und so können wir ihre Bestandteile zur Kenntnis nehmen und eine neue Prioritätenordnung unter ihnen herstellen. Wenn wir trinken, wechseln wir einfach die Linse aus und erhalten so ein Bild von der Welt, das jedenfalls den Vorteil hat, anders als das natürliche zu sein. In diesem Sinn ist Trunkenheit eine Erkenntnismethode. Die maßvolle Trunkenheit, das heißt diejenige, die uns von uns selbst entfernt, ohne daß wir uns aufgeben, nicht die Besoffenheit, in der unser Bewußtsein Abschied nimmt von unserem Verhalten.

80

In einem bestimmten Alter, das je nach Person variiert, das aber um die Vierzig liegt, fängt das Leben an, uns fade, langweilig, steril zu werden. Es verliert seine Anziehungskraft, es wiederholt sich, als ob jeder Tag das Plagiat des vorhergegangenen wäre. Etwas in uns ist erloschen: die Begeisterung, die Energie, die Fähigkeit, Pläne zu schmieden, der Abenteuergeist oder einfach die Freude am Genuß, am Erfinden oder am Risiko. Das ist der Augenblick, innezuhalten, das Leben unter allen seinen Aspekten zu betrachten und zu versuchen, aus seinen Schwächen Nutzen zu ziehen. Augenblick alles entscheidender Wahl, geht es doch in der Tat darum, zwischen der Weisheit oder der Torheit zu wählen.

81

Neben der Lebensschiene, auf der wir alle uns bewegen, verläuft eine Parallelbahn, die nur die Erleuchteten sich erwählen. Eine Schnellbahn, sie hält an keiner Station, läßt sich auch von den Wonnen der Landschaft nicht verlocken. Sie führt auf direktem Wege und in kürzester Frist zum Ziel, denn die sie registrierende Zeit ist nicht die unserer Uhren. Wer hätte nicht irgendwann einmal versucht, mit dieser Bahn zu fahren? Ich habe frühreife Helden, gnadenlose Rauschgiftjünger gekannt, die den gewöhnlichen Pfad verschmähten, weil sie es verzweifelt eilig hatten, funkensprühend anzukommen beim Tod.

82

Manchmal lüfte ich das Visier und werfe einen begierigen Blick auf die Welt, befrage sie, erhalte aber keine Botschaft außer der von Chaos und Verwirrung: Autos, die fahren, Passanten, die über die Plätze gehen, Geschäfte, die ihre Lichter anzünden, Bagger, die ein unbebautes Grundstück umpflügen, verirrte Vögel auf der Suche nach einem ruhigen Plätzchen im Lärm. Das sind die Unglückstage, an denen wir nichts entwirren können, weil unser Bewußtsein aufs äußerste behindert ist von unserer durch Denkgewohnheiten geblendeten Vernunft und unseren durch Sehgewohnheit getrübten Augen. Beide von dem Störenden zu reinigen, ist keine leichte Aufgabe. Manchmal erreicht man es durch eine Konzentrationsanstrengung, andere Male kommt es von selbst dank einer inneren Arbeit, an der wir willentlich keinen Teil haben. Erst dann öffnet die Wirklichkeit ihre Türen einen Spalt, und wir können das Wesentliche erahnen.

83

Kunst der Erzählung: feines Gefühl, die Bedeutung der Dinge wahrzunehmen. Wenn ich sage: »Der Mann an der Bar war ein Glatzkopf«, gebe ich eine kindliche Beobachtung wieder. Ich kann aber auch sagen: »Glatzen sind immer ein Unglück, doch gibt es Glatzen, die ein tiefes Mitgefühl hervorrufen. Das sind die ohne Ruhm erworbenen Glatzen, Frucht der Routine und nicht der Lust, wie die des Mannes, der gestern in der *Zigeunergeige* sein Bier trank. Als ich ihn sah, sagte ich mir: ›In welcher Amtsstube mag dieser Christenmensch sein Haar verloren haben?‹« Und doch liegt vielleicht in der ersten Form die Kunst des Erzählens.

84

Es gibt Tage, an denen die Kneipe unheimlich aussieht, und dann überziehen sich die Nächte mit unheilbarer Tristesse. An der Theke die üblichen Trinker und Nutten. Der Saal dahinter ist fast leer: ein umschlungenes Pärchen, eine Mineralwasser trinkende Alte, ein Technokrat, der mit einem Bürokraten diskutiert. Ich und mein Katzenjammer in einer Ecke, schauend, hoffend. Hoffend worauf? Nun, auf das Wunder, einen Zufall, eine Begegnung, einen Hauch von Geheimnis oder Poesie. Aber nichts. Nach dem dritten Glas lösche ich meine Zigarette und gehe fort, nicht geschlagen, aber beschämt, weil ich geglaubt hatte, es sei in dieser trivialen Welt noch möglich, den Einbruch des Wunderbaren zu erwarten.

85

Das einsame Trankopfer ist die einzige Form, in der ich mit dem Schriftsteller, der in mir ist, noch kommunizieren kann. Nach einigen Gläsern taucht er auf. Und ich höre seine Stimme, eine etwas eintönige, aber stetige, gelegentlich gebieterische Stimme. Ich registriere sie und versuche sie festzuhalten, bis sie immer undeutlicher, ungeordneter wird und schließlich verschwindet, sobald ich selbst in einem Meer von Übelkeit, Tabak und Dunst versinke. Mein armer Doppelgänger! In welch schrecklichen Schacht habe ich ihn verbannt, daß ich ihn nur so sporadisch und unter solchen Mühen sehen kann! Wie ein toter Same in mich eingesenkt, gedenkt er vielleicht der glücklichen Zeiten, da wir zusammen lebten, mehr noch, da wir ein und derselbe waren und keine Entfernung überwunden, kein Wein getrunken werden mußte, um ihn ständig bei mir zu haben.

86

Der materielle Vorgang des Schreibens ist noch in seiner trivialsten Form – wenn man will, dem Ausstellen eines Rezepts, einer Bestellung – eines der rätselhaftesten und herrlichsten Phänomene, die man sich denken kann. Es ist der Punkt, wo das Unsichtbare und das Sichtbare, die Welt der Zeitlichkeit und die Welt der Räumlichkeit zusammenkommen. Was tun wir, wenn wir schreiben? Tatsächlich nichts anderes, als unsere Gedanken aufzuzeichnen, in Formen zu verwandeln, was nur Formulierung war, und ohne Vermittlung der

Stimme von der Idee zum Zeichen überzuspringen. Doch Lesen ist genauso geheimnisvoll wie das Schreiben, weil es hier darum geht, die genau entgegengesetzte Operation auszuführen: das Räumliche zu verzeitlichen, dasjenige in den nicht zu ortenden Bezirk des Bewußtseins und des Gedächtnisses aufzusaugen, was nur eine Abfolge von konventionellen Graphismen ist, von Schriftzügen, die für einen Analphabeten keinerlei Sinn ergeben, die wir aber zu interpretieren und auf ihre erste Substanz zurückzuführen gelernt haben. Dadurch beruht unsere ganze Kultur auf einem Hin und Her zwischen den Begriffen und ihren Repräsentanten, auf einem ständigen Verkehr zwischen scheinbar inkompatiblen Welten, die aber irgendwer irgendwann miteinander in Verbindung zu bringen vermochte, als er einen geheimen Übergang fand, durch den man vom Abstrakten zum Konkreten übergehen konnte, dank der rund dreißig Figuren, die so lange vervollkommnet wurden, bis sie das Alphabet ergaben.

87

Wenn ich, wie jetzt, allein zu Hause bin, dauert es höchstens zwei oder drei Tage, bis um mich her jene Unordnung herrscht, die in meinen Junggesellenzeiten immer um mich war. Eine Unordnung, die noch dazu mit der größten Natürlichkeit daherkommt, als wäre sie eine Emanation meiner selbst, und die tatsächlich meine wahre Ordnung ist. Im Schlafzimmer das ungemachte Bett, alle Stühle mit Hemden behängt, auf den Boden geworfene Bücher, auf dem Nachttisch drei Gläser mit tagealtem Wasser, Kopfwehtabletten, Aschenbecher voll Kippen, unters Bett gefeuerte Unterhosen, auf dem Schreibtisch Kaugummis, andere Tabletten, Metrotickets, mysteriöse, wer weiß woher stammende Schlüssel, halbvolle Zigarettenschachteln, Radiergummis, Kugelschreiber ohne Mine, Stapel von Büchern, ein Glas mit einem Rest Gin vom Vortag, eine Teetasse mit einer zerquetschten Kippe, Münzen aus mehreren Ländern . . . Ein Dekor, das ich mit Sympathie und einer Spur Unruhe betrachte, ohne daß ich wagen würde, es zu verändern, das ich frei seinem eigenen Verfall überlasse.

88

Pünktlich um fünf Uhr nachmittags betreten sie in ihrem uniformen Schwarz und mit pathetischer Totengräbermiene die Touristenklasse-Bar. Einer holt die Geige aus dem Kasten, der andere sein Violoncello, und der dritte setzt sich ans Klavier, teilt die Noten aus, gibt den Ton an und nimmt das Stück in Angriff, gefolgt von seinen Gefährten. Es ist eine altmodische, klebrige, sentimentaloide, prätentiös gewählte Musik, die aber auch Anklänge an populäre Melodien enthält, wie sie bei provinziellen Festlichkeiten oder in Teesalons von zweifelhafter Kategorie zu hören sind. Sie spielen sie überdies ohne Freude und Anteilnahme, nicht einmal wie jemand, der eine Pflicht erfüllt, sondern eher wie jemand, der eine Strafe abbüßt.

Der Klavierspieler ist kahlköpfig, Brillenträger, sein Gesichtsbau ist grob, mit leichtem Cromagnon-Einschlag; er hat den Ausdruck eines verbitterten Cholerikers, der mit seinem Los unzufrieden, aber durch seine Funktion dazu bestimmt ist, Botschafter ungezwungener Heiterkeit und Symbol der Lebensfreude zu sein. Nur bei manchen Schlußpartien des Stücks tritt seine Persönlichkeit zutage, dann keucht er, schnaubt, schlägt mit einer Kraft auf das Klavier ein, die das Publikum für Inspiration hält, die aber nur verdrängtes Mißvergnügen ist. Am Ende der fünf vereinbarten Stücke führt er, ungeachtet der Bitten eines gelangweilten und abgestumpften Publikums, mit dem Daumen über die ganze Tastatur, klappt, ohne einen Muskel in seinem Gesicht zu bewegen, den Klavierdeckel zu und gibt damit zu verstehen, daß das Konzert beendet ist.

Der Cellist ist seltsam. Zu welcher Klasse von Elend mag seines gehören? Sagen wir als erstes, daß er auf dem ganzen Kopf noch sein Haar hat, aber so schütter, so farblos und so auf den Schädel geklebt, daß er von fern den Eindruck erweckt, ebenso kahl zu sein wie der Klavierspieler. Unter den Augen entspringt nicht etwa, sondern ist einfach da, man weiß nicht wie befestigt, die traurigste Nase, die ich in meinem Leben je gesehen habe: überaus lang, trostlos, leicht asymmetrisch, als wäre sie absichtlich so aufgesetzt, daß wir an ihr zu ziehen oder sie umzubiegen versucht sind. Das ganze Gesicht erträgt diese Nase mit einer gewissen Scham, sozusagen als entschuldige es sich, sie herumzutragen; die kleinen kurzsichtigen Augen, die hinter den Brillengläsern um Verzeihung bitten, der zu einem ständigen O geschürzte Mund und auch das Schnurrbärtchen unter dem ehrenrührigen Geruchskolben. Sagen wir als letztes, daß dieser Mann kein Kinn hat, und das so sehr, daß sein

Gesicht eine Verlängerung seiner Kehle zu sein scheint.

Der Geiger ist ein Überlebender aus der goldenen Zeit der italienischen Oper. Ich weiß nicht, warum er immer den Eindruck erweckt, als sei er geschminkt und stehe auf einer Bühne. Er gehört zum Typ schöner Mann, aber ein trauriger schöner Mann, der es aus irgendeinem Grund nicht geschafft hat, seine Schönheit vorteilhaft zu nutzen. Sein Haar ist noch ganz dicht, aber vollkommen grau, so daß man nicht weiß, ob er ein alter Mann ist, der das Glück hatte, sein Haar nicht zu verlieren, oder ein junger Mann, der vorzeitig ergraut ist. Jedenfalls vertraut dieser Mann noch auf seine Verführungskraft, vor allem auf die seines Blicks: »il a du regard«, wie man vor einem Jahrhundert in Frankreich gesagt hätte. Vor dem Beginn des Konzerts, während er seinen Bogen spannt, läßt dieser Mann seinen »regard« über die gesamte Zuhörerschaft wandern und vorzugsweise auf fünfzigjährigen Frauen ruhen. Er glaubt Eindruck zu machen. Ach, trauriger Schöner-Mann-Dilettant, unverbesserlicher Möchtegern-Italiener! Übrigens ist er der einzige, dessen Anzug immer tadellos gebügelt ist und der nach jedem Stück für den Beifall dankt, indem er sich leicht von seinem Sitz erhebt und nach links und nach rechts blitzschnelle Verbeugungen und Bücklinge andeutet. Ihm sind außerdem die Glanzpartien anvertraut, die er energisch anpackt, wobei er seine weiße Mähne schüttelt und gelegentlich über die Partitur hinweg seinen »regard« auf die Frauen richtet. Ich verstehe, daß dieser Mann mit diesen Gesten und diesem Imponiergehabe vor hundert Jahren bei romantischen Dorfdamen Erfolg gehabt hätte. Jetzt ist er ein Clown und der typische gehörnte Ehemann der Stücke von Pirandello.

89

Zehn Jahre lang lebte ich frei von jeglichem Sinn für Besitz, Beruf, Familie, Wohnung und reiste mit einem Koffer voll Bücher, einer Schreibmaschine und einem tragbaren Plattenspieler durch die Welt. Aber ich war verwundbar und erlag dem uralten Zauber von Frau, Heim, Arbeit, Geld und Gut. So schlug ich Wurzeln, wählte einen Ort, nahm ihn in Besitz und begann ihn mit Gegenständen und Anwesenheiten zu bevölkern. Zuerst jemand, den ich liebte, dann etwas, das dieses Wesen liebte, danach das Zubehör: ein Bett, ein Stuhl, ein Bild, ein Sohn. Aber das war nur der Anfang, denn alle waren wir Ansammler und wurden Sammler und waren am Ende ein Glied in der unendlichen Kette von Konsumenten. So daß man eines Tages, schon verbraucht, verdorben für den Genuß, sich von den Dingen umstellt sieht: Büchern, die man nicht lesen mag, Schallplatten, die zu hören man keine Zeit hat, Bilder, die nicht zum Anschauen anregen, Weine, die zu trinken einem schadet, Zigaretten, die zu rauchen uns verboten ist, Frauen, die zu lieben einem die Kraft fehlt, Erinnerungen ohne Lust, sie zu Rate zu ziehen, Freunden, die man nichts mehr zu fragen hat, und Erfahrungen, die man nicht nutzen kann. Das Zuspätgekommene, das Überflüssige, das ehedem Begehrte häuft sich um uns, ordnet sich zu dem, was man ein Haus nennen könnte, aber erst, wenn wir schon dabei sind, von allem Abschied zu nehmen, denn dieses anhäufende Leben entsteht an der Schwelle unseres Todes.

90

Wir laufen wie Automaten durch sinnlose Städte. Wir gehen von einem Geschlecht zum andern – und landen immer im selben Haus. Mit einigen kleinen Varianten sagen wir, mehr oder weniger, immer dasselbe. Wir essen Pflanzen oder Tiere, aber immer nur das Verfügbare; nirgends wird uns der Paradiesvogel oder die Windrose serviert. Wir brüsten uns mit Abenteuern, die ein Computer auf zehn oder zwölf gewöhnliche Situationen reduzieren würde. Sollte also, entgegen allen Reden, das Leben wegen seiner Monotonie zu lang sein? Welche Bedeutung hat es, ob wir ein Jahr oder hundert Jahre leben? Wie der Säugling hinterlassen wir nichts, wie der Hundertjährige nehmen wir nichts mit, weder die schmutzige Wäsche noch den Schatz. Einige hinterlassen ein Werk, das ist wahr. Es wird schön ediert werden. Später, Rarität eines Sammlers. Noch später, Fußnote eines Gelehrten. Am Ende, weniger als ein Name: ein Unbekanntes.

91

Erneute Lektüre Gibbons: die endlosen Debatten über die Trinität, die Inkarnation, die Eucharistie, die Bilder. Jede Religion sondert automatisch ihre eigenen Häresien ab. Vom Kernbestand einer Lehre spalten sich immer eine oder mehrere Faktionen ab, die über Einzelheiten streiten und am Ende ihre eigene Lehre aufstellen, aus der wiederum andere entstehen. Wie im biologischen Bereich manche Lebensprozesse durch Parthenogenese überdauern, so auch im Bereich der Ideen, und diese sind nur fruchtbar, wenn sie dem Prinzip der ständigen Teilung gehorchen.

92

Einer meiner Hauptfehler ist die Zersplitterung, die Unmöglichkeit, mein Interesse, meine Intelligenz und meine Energien dauerhaft auf etwas Bestimmtes zu konzentrieren. Die Grenzen zwischen dem Gegenstand meiner augenblicklichen Tätigkeit und dem, was um mich herum ist, sind zu dehnbar, zu durchlässig für Anrufe, Versuchungen, die mich von einer Aufgabe zur nächsten treiben. Mehrere Tage lang las ich intime Tagebücher von Frauen, weil ich glaubte, auf diesem Weg irgendwohin zu kommen, aber plötzlich schwenkte ich ab zu den französischen Memorialisten des 18. Jahrhunderts, und auch die verließ ich, um mich auf die Ufos zu stürzen, ein Thema, das ich vor Wochen glaubte abgeschlossen zu haben, das aber durch eine zufällige Zeitungslektüre zu mir zurückkehrte und mir Leselasten aufbürdete, die ich sicher von einem Moment zum andern abschütteln werde zugunsten der alten Geschichte, der Alchemie oder der Anthropologie. Ich bin ein

Opfer, stelle ich fest, der Leichtigkeit, mit der man sich heute informieren kann: Taschenbücher, populärwissenschaftliche Zeitschriften, jedermann zugängliche Nachschlagewerke vermitteln uns den trügerischen Eindruck, Menschen einer neuen Renaissance zu sein, Zwerg-Erasmusse, fähig, uns auf allen Gebieten kundig zu machen in minderwertigen, zu Supermarktpreisen gekauften Werken. Ein Irrtum, den es auszumerzen gilt, denn ich weiß seit langem, vergesse es aber immer wieder, daß Information keinerlei Sinn hat, wenn sie nicht durch Bildung gelenkt wird.

93

Die meisten Menschenleben sind bloße Konjektur. Nur wenige schaffen es, ihr Leben nachzuweisen. Ich habe jene identifiziert, die es übernehmen werden, für mein Leben die Beweise nachzuliefern, die ihm fehlen, um mehr als eine Skizze zu sein. Sie haben fast die gleichen Erfahrungen gemacht, fast die gleichen Bücher gelesen, fast die gleichen Schicksalsschläge erlitten, fast den gleichen Irrtümern angehangen. Aber sie werden es sein, die die Bücher schreiben, die ich nicht schreiben konnte.

94

Ich komme in die Küche und sehe meine Frau verschüttet unter Hunderten von Tellern, Tassen, Platten, Schüsseln, Gläsern, Bestecken, Sieben, Schaumlöffeln, elektrischen Apparaten, die sie abzuwaschen und aufzuräumen versucht. Und ich sage mir, daß es nichts Schlimmeres gibt, als unter die Herrschaft der Gegenstände zu fallen. Die einzige Art und Weise, das zu vermeiden, ist, möglichst wenig zu besitzen. Jede Anschaffung ist eine Verantwortung und daher eine Knechtschaft. Daher kommt es, daß manche Sammlerstämme Australiens, Neuguineas und Amazoniens beschlossen haben, nichts zu besitzen, was paradoxerweise kein Zeichen von Armut, sondern von Reichtum ist. Besitzlosigkeit ermöglicht Freizügigkeit, Wanderschaft, das heißt, das Unbezahlbare: Freiheit.

95

Unser Gesicht ist die Überlagerung der Gesichter unserer Vorfahren. Im Verlauf unseres Lebens werden die Züge der einen sichtbarer als die anderer. So ähneln wir als Säuglinge dem Großvater, als Kinder der Mutter, als Halbwüchsige dem Onkel, als junge Männer dem Vater, als reife Männer Papst Bonifaz VI., als alte Männer einer Chimú-Maske und als Greise einem beliebten Anthropoiden. Fast nie sehen wir uns selbst ähnlich.

96

Das Jenseits schickt uns häufig seine Toten. Gestern, zum Beispiel, ging ich in der Rue Vaugirard an Präsident Georges Pompidou vorbei. Vor einigen Tagen kam meine Großmutter Josefina auf der Straße auf mich zu, um mich nach der Uhrzeit zu fragen. Vor Wochen saß ich – ein ernsterer Fall – mit Pablo Neruda Kaffee trinkend und plaudernd auf einer Terrasse der Place Contrescarpe. Unnötig zu sagen, daß alle drei incognito waren, der Präsident als Anstreicher, meine Großmutter als Nonne und der Dichter als Straßenphotograph verkleidet. Ihre Sache, wenn sie nicht erkannt werden wollen. Aber ich habe sie erkannt, ohne jede mögliche Verwechslung. Wozu kommen sie, frage ich mich. Nicht, um sich in Erinnerung zu bringen, glaube ich, oder um ein Geschäft abzuschließen, das sie im Trubel des Abgangs nicht mehr zu Ende führen konnten. Vielleicht kommen sie als geheime Abgesandte einer fernen Verwaltung, um die Vorladung unter die Tür zu schieben, die wir noch nicht erwartet haben.

97

Wir sind ein Instrument, ausgestattet mit vielen Saiten, sterben aber meist, ohne daß alle in Schwingungen versetzt worden wären. So werden wir niemals wissen, welche Musik in uns angelegt war. Uns hat die Liebe, die Freundschaft, die Reise, das Buch, die Stadt gefehlt, die es vermocht hätte, in uns verborgene Polyphonie aufklingen zu lassen. Immer haben wir ein und denselben Ton von uns gegeben.

98

Die Ökologen haben es übernommen, die Umweltverschmutzung anzuprangern, aber wer kümmert sich um die verbale und ideologische Verseuchung? Und dabei ist sie so sichtbar! Und so schädlich, ruft sie doch, vor allem auf dem Gebiet der Sprache, echte Verstümmelungen der Persönlichkeit hervor. Ich habe schriftlich die Sprachverderbtheit festgehalten, die einige Redende, erdrückt vom Schutt und den Rückständen einer Massenkultur, an jedem beliebigen Ort auf uns loslassen. Im Fernsehen wird ein Friseur gefragt, was er von seinem Beruf hält, und er antwortet: »Der Friseurberuf ist eine sehr aleatorische Dienstleistung, aber wenn eine echte Motivation vorhanden ist, gestattet er doch gewisse Performances und macht Selbstverwirklichung möglich.« Kürzer, aber ebenso illustrativ ist die Antwort eines ignoranten abstrakten Malers aus dem Karibischen Raum, der, nach der Bedeutung seiner geometrischen Figuren befragt, lächelnd antwortet: »Die Semiotik, mein Lieber.«

99

Durch das Versehen eines Verlegers, der das Bild auf der Innenklappe des Buchumschlages verwechselt hat, las ich viele Jahre lang die Werke Balzacs mit der Vorstellung, er habe das Gesicht Amiels, das heißt, ein sehr langes, schmales, elegantes, kränkliches, metaphysisches Gesicht. Als ich lange danach das echte Bild Balzacs entdeckte, nahm sein Werk für mich einen anderen Sinn an und erhellte sich mir. Jeder Schriftsteller hat das Gesicht seines Werks. So amüsiere ich mich manchmal mit dem Gedanken, wie ich die Werke Victor Hugos lesen würde, wenn er das Gesicht Baudelaires gehabt hätte, oder die von Vallejo, wenn er wie Neruda ausgesehen hätte. Natürlich liegt auf der Hand, daß Vallejo die *Poemas humanas* nicht geschrieben hätte, wenn er das Gesicht Nerudas gehabt hätte.

100

Botschafter, die ihr Amt verloren haben, gehen mit der Miene von Steinklopfern durch die Straße, abgesetzte Minister sehen aus wie die vergilbte Photographie ihrer vormaligen Erscheinung. So gibt es Männer, die, wenn sie ihren Posten verlassen haben, in die Bedeutungslosigkeit zurücksinken. Weil sie keine andere Seinsweise hatten als ihre Funktion.

101

Idee: In jeder unserer Handlungen findet eine Verschwendung von Energie statt. Nehmen wir eine so einfache und alltägliche Tätigkeit wie das Gehen. Um unsere Masse in Bewegung zu setzen, müssen wir eine Kraft aufwenden, die größer ist als deren Gewicht, denn andernfalls blieben wir unbewegt. Folglich steckt in jedem Schritt, den wir tun, ein Energieüberschuß, der ungenützt bleibt und eine Vergeudung menschlicher Anstrengung darstellt. Untersuchen, wie die überschüssige Energie eingefangen werden könnte. Zum Beispiel, indem man in die Schuhe der Gehenden – und das sind täglich Tausende von Millionen – Batterien oder Akus einbaut. Und dann sollen die Gelehrten sich die Köpfe zerbrechen über die nächste Etappe des Verfahrens.

102

Im Kiosk eines Losverkäufers lese ich folgenden Hinweis: »Hier wurde das letzte Große Los verkauft.« Taktischer Irrtum. Um die Kunden anzulocken, müßte da stehen: »Bisher wurde hier das Große Los noch nie verkauft.«

103

Wie schwierig es ist, Kindern das Verlierenkönnen beizubringen. Ob sie Soldaten, Dame, Monopoly oder Karten spielen, nie dulden sie eine andere Möglichkeit als den Sieg. Wenn er sich als unmöglich erweist, versuchen sie ihn durch irgendeinen Trick doch noch herbeizuführen, oder sie ziehen sich vom Spiel zurück, ehe es endgültig entschieden ist, oder sie schlagen ein anderes vor, bei dem sie sicher sind, zu gewinnen. Mit der Zeit kommen sie zu der Einsicht, daß auch die Niederlage existiert. Dann erweitert sich ihr Bild vom Leben, aber nach der Schattenseite und der Schutzlosigkeit hin, wie bei einem, der bisher immer vom hellen Abend bis in den hellen Morgen geschlafen hat und der, erwachte er einmal mitten aus dem Schlaf, sich klar würde, daß auch die Nacht existiert.

104

Manchmal habe ich den Eindruck, daß mein Kater mir eine Botschaft übermitteln möchte. Die Beharrlichkeit, mit der er mich beobachtet, mir nachläuft, zu mir kommt, sich an mir reibt, mich anmaunzt, geht über die einfache Ergebenheitsbekundung eines Haustiers hinaus. In seinem Blick nehme ich Intelligenz, Drängen, innere Unruhe wahr. Aber außer diesen rätselhaften Anzeichen werde ich nichts von ihm empfangen können. Zwischen ihm und mir liegen nicht Jahrhunderte, sondern Hunderte von Jahrhunderten der Evolution, und wir sind so verschieden wie ein Stein und ein Apfel. Obwohl er in unserer Epoche lebt, treibt er weiter in der archaischen Welt des Instinkts dahin, und niemand außer seinen Artgenossen kann ihn verstehen. Es müssen noch einmal Hunderte von Jahrhunderten vergehen, damit sich der Abstand, der uns trennt, vielleicht verkürzt und ich am Ende verstehen kann, was er mir sagt und was sicherlich nicht über einen Gemeinplatz hinausgeht: Da ist eine Fliege, es ist heiß, streichle mich. Alles in allem: wie irgend ein Mensch.

105

Nun, allein im Haus, werden mir die Ideale bewußt, die ich als Halbwüchsiger hatte, als ich in meinem Zimmer in Miraflores neben dem Weinstock und den Apfelbäumen mir ausmalte, wie angenehm ein Leben als Schriftsteller sein würde.

Damals ahmte ich dieses Leben nach; ich steckte mir eine ungestopfte Pfeife in den Mund, stellte ein Glas Wasser neben mich, das Wein vorstellen sollte, und tat, an meinem Schreibtisch sitzend, als ob ich schriebe. Wie viel Täuschung und Unschuld lag in diesen Gesten. Heute bin ich, was ich mir damals eingebildet hatte, ich rauche, trinke und schreibe wirklich, und um aufrichtig zu sein, werde ich sagen, daß mich das zwar unterhalten kann, aber nicht tröstet. Vielleicht weil schreiben bedeutet, den Sirenengesang des Lebens zu überhören, vielleicht weil nichts von dem, was ich gemacht habe, mich befriedigt, vielleicht weil ich oft den Eindruck habe, daß ich irgendwann den falschen Weg eingeschlagen habe und deshalb für immer dazu verurteilt bin, »à côté de la question« zu bleiben.

106

Der unbedeutendste Mensch hinterläßt eine Reliquie – seine Hose, eine Medaille, seinen Personalausweis, eine Haarlocke, in einem Schächtelchen aufbewahrt –, aber nur wenige hinterlassen ein Werk. Deshalb bedrücken mich Reliquien und erheben mich Werke. Deshalb auch besuche ich selten »Künstlerhäuser«, ob es sich um Balzac, Beethoven oder Rubens handelt, und ziehe die Gesellschaft ihrer Bücher, Melodien oder Gemälde vor. Reliquien verströmen ein Aroma von Tristesse, von Vergänglichkeit und vor allem von Abwesenheit, sind sie doch das sichtbare Zeichen dessen, was nicht mehr ist. Ihr Wert ist bedingt. Sie werden aufbewahrt, weil sie diesem oder jenem gehört haben, denn andernfalls wären sie längst, wie ihre Besitzer, Staub. Daher ist nichts beklemmender, als den Sessel Voltaires, die Tabakdose Bachs oder den Pinsel Leonardos zu sehen. Unbewohnte Dinge. Der Geist wehte über sie hin, aber nur darüber hin – um sich niederzulassen im Werk.

107

Mit glühendem Eisen gebrandmarkt von einem Tierkreis-Leiden, bedrängt von unbezahlten und unbezahlbaren Rechnungen, bar jeder schöpferischen Gnade, im Ohr, wie Stunde um Stunde die Schaufelwürfe meines eigenen Begräbnisses auf mich niederfallen, deshalb im Haus eingeschlossen an diesem Gefängniswärterabend, finde ich dennoch Vergnügen in meiner Einzelhaft und trinke da und dort den Saft der Dinge, den Satz aus einem

Buch, die Linie eines Kupferstichs, die Kadenz einer Melodie, das Aroma eines Getränks, den Umriß einer Idee, die auftaucht, aufscheint und verschwindet, und sage mir, daß nichts dauerhafter ist als der vollkommene Augenblick.

108

Das Breitwandphoto, mit dem der Innenraum des Cafés *Les Finances* dekoriert ist. In seinen guten Zeiten stellte es einen Wald im frischen Grün dar. Im Lauf der Jahre ist die Farbe vergilbt. Auch der Frühling der Photographien hat seinen Herbst.

109

Beim Espresso am kleinen Hauptplatz von Capri im *Corriere de la sera* blätternd, den dichten Strom der Urlauber beobachtend. Herkulische junge Männer, die ihre gebräunten Schenkel und ihre behaarte Brust zur Schau stellen; unsagbare Mädchen in eng anliegenden Bluejeans, schöner als jeder florentinische Marmor; aber vor allem dickbäuchige alte Männer in kurzen Hosen, Socken und Sandalen, wild geschminkte, von Krampfadern,

Zellulitis und schauerlichen Fleischwülsten entstellte alte Frauen im Bikini und abgelebte Greise in Strohhut und Leinensakko, übertrieben würdig und elegant, die im sonnigen Abend stromab treiben, mit dem Stock ihren letzten Sommer ertastend.

110

Die junge hübsche Eigentümerin des Studios in der Rue Saint-Séverin, in dem ich gewohnt habe. An dem Tag, da ich ihr den Schlüssel zurückgab, explodierte sie, als sie an der Wand einen Fleck, am Tischrand die Brandspur einer Zigarette sah und feststellte, daß drei oder vier Gläser fehlten. Daß sie für diese kleinen Schäden Ersatz verlangte, schien mir normal, was mich stutzen machte, war das Argument, das sie vorbrachte: »Vergessen Sie nicht, daß mein Mann und ich ein junges Paar sind. Nous commençons.« Diese verstümmelte Formulierung ohne Fortsetzung noch Ergänzung war aussagekräftiger und überzeugender als jede Rede: »Wir fangen an.« Man brauchte dem nichts hinzuzufügen, um den innersten Kern der Person zu erkennen. Anfangen hieß in diesem Fall anfangen, Häuser zu besitzen, Mieter zu haben, zu kassieren, auf diese oder jene Weise aus dem Vorrecht des Eigentümers Nutzen zu ziehen, aus einer Position der Stärke heraus selbstbewußt zu verhandeln, zu drohen, sich dem Schuldner gegenüber unerbittlich zu zeigen, auf keine Form des Gewinns zu verzichten, den Grundstein zu legen zu einem Lebensplan, der das Anhäufen neuer Besitztümer, die Vervielfachung der Rendite, die Verteidigung des Eigentums, der Sicherheit, der Ordnung implizierte, damit sie nach zwanzig oder dreißig Jahren, nun eine reiche, abstoßende, hochgerüstete alte Frau, in ihrem Immobilien- und Börsenbesitz festsitzen würde wie ein Juwel in seiner Goldfassung, was sie freilich weder von ihrem Kleinsein noch vom Vergessenwerden, noch vom Tod befreien würde.

III

Während ich im Auto von Paris nach Brüssel fahre, sehe ich aus der Gegenrichtung einen riesigen Lastzug kommen, der vier Wohnwagen befördert. Ein Stück weiter überholen wir einen anderen Lastzug, der diesmal in Richtung Brüssel vier mit den vorigen völlig identische Wohnwagen transportiert. Sofort denke ich: Man hätte Zeit, Geld und Anstrengung sparen können, wenn man die Wohnwagen, statt sie von einer Stadt in die andere zu fahren, einfach getauscht hätte. Dabei fällt mir meine alte Idee einer DIENSTLEISTUNGSBANK wieder ein. Häufig müssen wir in Paris von einem Ende der Stadt zum andern oder sogar in ein anderes Land fahren, um eine einfache Aufgabe zu erledigen oder eine belanglose Angelegenheit zu regeln, während gleichzeitig ein anderer Mensch in ähnlicher Absicht die umgekehrte Reise machen muß. Überlegen, wie wir Kontakt aufnehmen könnten, um unsere Handlungen zu tauschen. Ich mache hier das für dich und du dort das für mich. Das setzt natürlich in vielen Fällen einen gewissen Grad an *Entpersönlichung* voraus, den der Brauch aber zulassen würde, wie zum Beispiel, daß ich einen bestimmten Herrn in meinem Viertel bei einem Abendessen vertrete und er mich bei einer Hochzeit in seinem Viertel. So würden die Leute sich weniger bewegen, was ein großer Vorteil wäre, denn, wie Flaubert gesagt hat: »Sich bewegen ist zerstörerisch.«

112

In der biologischen Kette oder, konkreter, im Verlauf der Menschheitsgeschichte sind wir ein Aufglänzen, nicht einmal das, ein Aufzucken, noch weniger, ein Stein, der in einen Brunnen fällt, noch unbedeutender, ein Abglanz, ein Hauch, ein Sandkorn, nichts, was über die Zahl oder das Gleichgültige hinausginge. Unter diesem Gesichtspunkt zählt nicht das Individuum, sondern die Gattung, die einzige wirkende Kraft der Geschichte. Die Geschichte müßte einmal geschrieben werden, ohne daß ein einziger Name genannt würde, und sei es der eines Kaisers, eines Künstlers oder Erfinders, denn jeder von ihnen ist das Produkt derer, die ihm vorausgegangen sind, und der Keim derer, die nach ihm kommen. Der Begriff Individuum ist ein moderner Begriff, der zur westlichen Kultur gehört und sich seit der Renaissance krankhaft verschärft hat. Die großen Werke, die Menschen geschaffen haben, seien es heilige Bücher, epische Gedichte, Kathedralen oder Städte, sind anonym. Wichtig ist nicht, daß Leonardo die *Gioconda* hervorgebracht hat, sondern daß die Gattung Leonardo hervorgebracht hat.

113

Es gibt Frühlingsabende in Paris, sonnig, golden wie der heutige, die man nicht erlebt, sondern schält und verspeist wie eine Mandarine. Und dazu ist nichts besser als ein Café-Terrasse, ein anregendes Getränk, eine von nichts besetzte Aufmerksamkeit, ein Zulassen, daß unser ruhender Blick die Bilder der Welt aufnimmt und archiviert, unbekümmert darum, ob er in ihnen Ordnung oder Sinn oder Priorität findet. Nur das Kristall sein, durch das unversehrt das Leben in uns eingeht.

114

Der Concierge des Wohnhauses, achtzig Jahre, Veteran zweier Kriege, stirbt in seinem Bett, während er seinen Mittagsschlaf hält, an einem Herzinfarkt. In den folgenden Stunden kommen die Polizei, der Arzt, einige Nachbarn, um die fälligen Formalitäten und Kontrollen vorzunehmen. Aber als es Nacht wird, läßt man ihn, da er in Paris keine Verwandten hat, in seiner »loge« liegen, wie er gestorben ist, ohne daß jemand bei dem Toten wacht. In derselben Nacht kommt einer meiner Vettern aus

Lima an, fährt zu dem Haus, um mich aufzusuchen, und da er nicht weiß, in welchem Stockwerk ich wohne, betritt er die »loge«, um den Concierge zu fragen. Der gibt keine Antwort. Endlich, nachdem er sich von Tür zu Tür durchgefragt hat, kommt er in mein Stockwerk und sagt zu mir: »Welche Mühe, dich zu finden. Ich bin zum Concierge gegangen, aber ich konnte ihn noch so oft fragen, wo du wohnst, er hat keine Antwort gegeben.« – »Das ist natürlich«, sage ich zu ihm, »er ist ja tot.«

115

Mein schwarzer Kater und ich in dieser regnerischen Sommernacht. Das Zimmer still. Das eine oder andere Auto, das über die nasse Fahrbahn gleitet. Das Viertel schläft, aber mein Kater und ich wachen, wehren uns, den Tag als beendet anzusehen, ohne daß wir, wenigstens ich, etwas getan haben, das ihn rechtfertigt, ihm Sinn verleiht und ihn unterscheidet von anderen, ebenso knausrigen und leeren Tagen. Vielleicht schreibe ich deshalb Seiten wie diese, um Signale zu hinterlassen, kleine Spuren von Tagen, die es nicht verdienen würden, in irgend jemandes Gedächtnis zu bleiben. In jeden Buchstaben, den ich schreibe, ist die Zeit verwoben, meine Zeit, der Schußfaden meines Lebens, den andere als Muster im Teppich entziffern werden.

116

In manchen Fällen, wie in meinem, beruht der schöpferische Akt auf Selbstzerstörung. Alle übrigen Werte – Gesundheit, Familie, Zukunft etc. – bleiben dem schöpferischen Akt untergeordnet und verlieren alle Gültigkeit. Das Unaufschiebbare, das Erste ist die Zeile, der Satz, der Absatz, den man schreibt und der um so mehr zum Wahrer unseres Seins wird, als er das Opfer unseres Seins mit einschließt. Deshalb bewundere ich die Künstler, die in der Richtung ihres Lebens und nicht gegen das Leben tätig sind, die Langlebigen, Echten, Freudigen, die sich an ihrem eigenen Schaffen nähren und aus ihm nicht – wie ich – das machen, was abgezogen wird von dem, was zu leben uns zugebilligt war.

117

Die schreckliche Einsamkeit auf dem Land. Gestern Depression, Angstzustände in dem alten Stammsitz, hundert Kilometer südlich von Paris, der mir zur Verfügung gestellt wurde. Freiwillig darin eingeschlossen in dem Versuch, ein paar Erzählungen zum Abschluß zu bringen. Die unmenschlichen Geräusche, die diese Stille bewohnen. Die Balken knarren, der Wind bläst, die Kohle knackt im Kamin, ein Nachtvogel krächzt. Heute morgen ging ich zu Fuß die drei Kilometer zum nächsten Dorf und sah keinen Menschen, kein Tier, kein Fahrzeug. Ein eisiger Wind wehte über die kalte Erde und die schwarz gewordenen Bäume. Die Natur ist von sich aus häßlich. Die Schönheit haben wir ihr dazugegeben, sie ist eine Konvention, deren Ursprung bei den griechischen Bukolikern, bei Vergil, den Klassikern der »amerikanischen Landschaft«, bei den englischen Romantikern zu suchen wäre. In der Literatur eben.

118

Irgendeine Gottheit macht ein schwarzes Kreuz über unseren Namen, wenn wir geboren werden, und dann kennt unser Leben kein Erbarmen; überall stoßen wir nur auf Hindernisse, schlechte Scherze und Fallen; noch die kleinste Freude müssen wir uns durch Anstrengung selbst erringen, müssen uns vorarbeiten, ankämpfen gegen den Strom, während wir am Ufer die vom Glück Begünstigten, ihre Siegeskarte in der Hand, leicht dahingleiten sehen, und wir dürfen uns nicht die geringste Ablenkung erlauben, denn man wartet nur darauf, daß wir unserer Mutlosigkeit einen Augenblick lang nachgeben, damit die Waffe sich einbohrt bis zum Griff.

119

Augenblicke absoluter Einsamkeit, in denen uns klar wird, daß wir nur ein Gesichtspunkt sind, ein Blick. Unser Sein hat uns verlassen, und vergeblich laufen wir ihm nach, um es am Rockschoß zurückzuhalten.

120

Ich stehe auf der Steinmauer, die lotrecht auf den verwahrlosten Olivengarten abfällt, und schaue über die sacht absteigende Schlucht hin, an deren Ende, bleifarben und ruhig, das tyrrhenische Meer erkennbar ist. Es wird Abend. Mein Ohr behorcht die Natur und entdeckt, daß, was ich anfangs für Stille hielt, nur ein äußerst dichtes Gewebe von Geräuschen ist: Grillen, Zikaden, Frösche, Bienen, Hummeln, Vögel, so eng ineinander verschlungen, daß es eine einförmige Melodie bildet, ohne Raum für eine Pause. Mit einem Wort: die Stimme der Natur, die ihren uralten Gesang singt, den gleichen, den vor zwanzig Jahrhunderten Julius Cäsar, Horaz, Cato hörten. Was trennt mich von ihnen? In solcher Einsamkeit anscheinend nichts. Wenn ich ihren unbefleckten Raum begehe, könnte man meinen, ich sei ihr Zeitgenosse geworden. Aber immer ist irgend etwas da, das uns in unsere Zeit zurückführt und uns daran erinnert, daß die Epochen nicht umsonst vergehen. Wenn ich den Kopf hebe, erkenne ich auf dem durch seine Schroffheit empörend unzugänglichen Gipfel des Monte Argentario die sieben Riesenscheiben einer Radarstation.

121

Das Seltsame an unserem Körper ist die Unterwerfung unter die Regeln der Symmetrie. Wir haben zwei Augen, zwei Ohren, zwei Nasenlöcher, zwei numerisch gleiche Zahnreihen, zwei Mandeln, zwei Schlüsselbeine, zwei Bronchien, zwei Lungen, zwei Schlüsselbeine, zwei Brustwarzen, zwei Arme, zwei Nieren, zwei Hüften, zwei Hinterbakken, zwei Beine, zwei Hoden, zwei Hände, zwei Füße, zwei Rippenteile. Wer mag sie eingeführt haben, diese binäre Ordnung, die auf ein planvolles Denken zurückzugehen scheint. Und welche Beziehung besteht zwischen diesen verdoppelten Organen oder Gliedmaßen und den einmaligen wie Zunge, Schlund, Magen, Herz, Leber, Phallus, Anus? Wir sind eine Kombination des Einmaligen und des Doppelten, was darauf hinzuweisen scheint, daß der, der uns erfunden hat, zweifelte und zuletzt, da er nicht wußte, wie er sich entscheiden sollte, ein bißchen aufs Geratewohl für den Eklektizismus optiert hat.

122

Die Weisheit dieses alten Arbeiterführers aus Cuzco, der, von habsüchtigen Abenteurern befragt, wo wohl der Paititi oder, mit einem anderen Wort, El Dorado liege, antwortete: »Den Paititi findest du nur, wenn du den Glanz der Habgier aus deinen Augen reißt.«

123

Das Staunen, der Schrecken, ja das Unbehagen, das ich heute empfand, als ich feststellte, daß der kahlköpfige Mieter mit Brille und Hündchen, an dem ich acht Jahre lang auf der Treppe immer mit den gleichen unveränderlichen Worten, »Pardon, monsieur«, vorüberging, nicht einer war, sondern zwei. Zwei gleiche Männer mit Brillen, Glatzen und Hündchen, denen ich aber immer zu verschiedenen Zeiten begegnete, so daß ich sie in ein Wesen verschmolz. Zwar hatte mich die Fähigkeit dieses Mannes, sich zu vervielfältigen, ein wenig stutzig gemacht, denn manchmal hatte ich den Eindruck, ihm zu oft hintereinander und manchmal an kaum miteinander in Einklang zu bringenden Orten zu begegnen. Aber heute geschah, was seit Jahren hätte geschehen müssen: Ich traf beide mit ihren Hündchen und Brillen im Hauseingang, wo sie sich, gleich ihren Hunden, freundschaftlich unterhielten. Ich war so verwirrt, daß ich nicht wußte, zu welchem ich mein »Pardon, monsieur« sagen sollte, und schaute sie abwechselnd offenen Mundes an, bis endlich beide mir zuvorkamen und einstimmig den üblichen, von einem Lächeln und einer leichten Verbeugung begleiteten Gruß aussprachen. Ich trat auf die Straße, ohne zu antworten, ehrlich empört, wie wenn ich einem schlechten Scherz zum Opfer gefallen wäre.

124

Mit den antiken Stoikern oder den orientalischen Mystikern sagen: »Nichts ist von Bedeutung«, weder das Leben noch der Tod, weder Reichtum noch Elend, weder Lust noch Schmerz, weder Ruhm noch Versagen. Mit so vielen heutigen Intellektuellen sagen: »Alles ist von Bedeutung«, der Frieden und der Krieg, die Freiheit und die Unterdrückung, der Mensch und die Natur, die Dinge und die Ideen. Beide Haltungen lassen mich ratlos. Alles ist von Bedeutung, nichts ist von Bedeutung, hier, jetzt.

125

Krankenhäuser sind die Grenzposten, über die der Verkehr zwischen dem Leben und dem Tod geleitet wird. Durch das große Tor in der Vorderseite gehen die Lebenden aus und ein. Doch es gibt eine unscheinbare, schamhafte Tür, durch die heimlich die Toten verabschiedet werden. Ärzte, Chirurgen, Anästhesisten sind die allmächtigen Verwalter des Jenseits. Es gibt aber auch kleinere Funktionäre, die über das Irreparable entscheiden, so die Krankenschwestern, die eine Transfusion zu erneuern vergessen oder nicht exakt dann kommen, wenn der Patient die Tablette braucht oder auch nur das Wort, das ihn bei seinem letzten Absturz aufhalten könnte. Und die Ambulanzfahrer, diese verhaßten motorisierten Gesundheitslakaien, die in ihren heulenden Fahrzeugen zum Unfallort rasen. Sie haben genaue Anweisungen, jeden in ihre Klinik oder ihr Krankenhaus zu bringen, der ein guter, das heißt, ein reicher Verletzter ist. Um ihn zu identifizieren, verfügen sie über eine Reihe von Anhaltspunkten, mangelt es aber an augenfälligen Indizien, bleibt ihnen das bekannte Hilfsmittel: die Schuhe. An den Schuhen läßt sich der soziale Rang eines Opfers eindeutig erkennen. Einem Verletzten, der altes Schuhwerk einer unbekannten Marke trägt, ziehen sie den vor, der Charles Jourdan trägt.

126

Das ist nur eine Anekdote. Es gibt Schlimmeres: die Anweisungen, die Krankenschwestern beachten müssen, damit man keinen Patienten sterben sieht. In den großen Sälen werden Wandschirme um das Bett des Sterbenden gestellt. Kommt aber der entscheidende Moment näher, dann heben sie ihn auf ein Bett mit Rädern und fahren ihn auf den Gängen spazieren, während er stirbt und kämpft. Und was machen sie mit ihm, wenn er den letzten Atemzug tut? Eine Krankenschwester sagte mir. »Wir fahren ihn unauffällig zu den Duschen.«

126

Mein Irrtum war, ins Innere der Dinge sehen zu wollen und Jouberts Maxime zu vergessen: »Hüte dich, unter den Grundmauern zu schnüffeln.« Wie das Kind, das sein Spielzeug entzweibricht, entdecke ich unter der wunderbaren Form nur den schäbigen Mechanismus. Und mit dem Gegenstand, den ich zerlege, zerstöre ich gleichzeitig die Illusion.

127

Von der Unmöglichkeit, Laster zu heilen. Ein Laster zieht man sich auf Dauer zu. Das Wesen des Lasters ist es, unverbesserlich zu sein. Psychoanalytische Erklärung des Lasters: eine Frustration auf affektivem, sozialem, sexuellem, intellektuellem Gebiet. Die Therapie wird nicht darin bestehen, gegen das Laster anzugehen, sondern die Frustration zu verhindern. Man sehe sich die Werbephotos von Menschen an, die sich das Morphium, den Alkohol etc. abgewöhnt haben: Sie haben das Gesicht vollkommener Kretins.

128

Vor einer Woche eine alte Frau aus dem obersten Stockwerk, vor ein paar Tagen der Concierge, gestern der Nachbar aus dem ersten Stock: Regelmäßig scheidet das Haus seine Toten aus. Sie haben durch ihr Fenster den Platz gesehen, den ich sehe, sie haben mit der Hand das Eingangstor aufgestoßen, das ich aufstoße, sie sind mit ihren Füßen die Treppe hinaufgegangen, die ich hinaufgehe, sie haben mit ihrem »Bonjour« die Mieter gegrüßt, die ich grüße. Nun sehen sie nicht, stoßen das Tor nicht auf, gehen nicht hinauf, grüßen nicht. Und nichts ist geschehen.

129

Es gibt Tage, an denen der Weg, den wir gewöhnlich ohne besondere Zwischenfälle zurücklegen, mit Hemmnissen aller Art nur so gepflastert ist. Ein riesiger Lastwagen hindert uns am Überqueren der Fahrbahn, ein Taxi fährt uns beinahe über den Haufen, ein dicker alter Mann mit Stock und Einkaufstasche versperrt den ganzen Gehsteig, ein Graben, der tags zuvor nicht da war, zwingt uns, einen Umweg zu machen, ein Hund kommt aus einem Haus gerannt und bellt uns an, an den Kreuzungen treffen wir immer auf Rot, es fängt zu regnen an und wir haben keinen Regenschirm mitgenommen, wir merken, daß wir die Geldtasche zu Hause gelassen haben, ein Blödian, den wir nicht grüßen wollen, spricht uns an, kurzum, alle diese kleinen Vorfälle, die im Lauf eines Monats vereinzelt vorkommen, ereignen sich konzentriert auf eine einzige Wegstrecke, aufgrund eines Defekts im Mechanismus der Wahrscheinlichkeit. Wie im Fall der Roulettkugel, die zwanzigmal hintereinander auf Schwarz fällt. Extrapoliert man diese

Beobachtung von einem Tag auf das ganze Leben, dann ist es dieser Defekt, der Glückhaben von Pechhaben unterscheidet. Manche müssen es mit einem Unglückstag, andere mit einem Unglücksleben aufnehmen.

130

Die Gattung Mensch hat ihre sozusagen außerindividuellen Gewißheiten, werden diese doch fast mit den gleichen Worten von Autoren wiederholt, die nicht durch Jahrhunderte, sondern durch Jahrtausende voneinander getrennt sind. Seneca, Manrique, Montaigne, Quevedo, Heidegger, um nur einige zu nennen, rufen uns nachdrücklich eine wesentliche Wahrheit ins Gedächtnis, die wir oft vergessen: die Anwesenheit des Todes in unserem Leben. Ich will nur Montaigne zitieren, da er in der klassischsten und zugleich modernsten Form zusammenfaßt, was wir alle fühlen: »Schon am Tag unserer Geburt gehen wir auf den Tod zu ... Was wir leben, ziehen wir von unserem Leben ab, leben es auf seine Kosten ... Unseren Tod zu bauen, ist unser durchgängiges Lebenswerk ... Wir sind in unserem Tod, solange wir leben.« Und hier ein Absatz, den ich ungekürzt wiederhole, weil er gleichzeitig belehrt und tröstet: »Niemand stirbt vor seiner Stunde. Die Zeit, die wir zurücklassen (wenn wir sterben), ist ebensowenig unsere wie die vor unserer Geburt vergangene.«

131

Kritik ist kreativem Schreiben nicht notwendig entgegengesetzt, und man kennt die Fälle von schöpferischen Schriftstellern, die ausgezeichnete Kritiker waren und umgekehrt. Aber *im allgemeinen* gehen beide Tätigkeiten nicht Hand in Hand. Was sie trennt, ist eine verschiedene Weise, mit der Wirklichkeit umzugehen. Nachdem ich die gesammelten Beiträge zu einem Kolloquium über Flaubert gelesen hatte, staunte ich über das Wissen, die Intelligenz, den Scharfsinn, die Subtilität, ja selbst die Eleganz der Referenten, aber gleichzeitig sagte ich mir: »Diese Männer, die das Werk Flauberts derart luzide demontiert haben, wird in fünf oder zehn Jahren niemand mehr lesen. Ein einziger Absatz von Flaubert, was sage ich, eine einzige seiner Metaphern hat mehr Kraft, zu überdauern als diese aufwendigen Arbeiten. Warum? Ich habe nur eine Erklärung dafür: Die Kritiker arbeiten mit Begriffen, die schöpferischen Schriftsteller mit Formen. Die Begriffe vergehen, die Formen bleiben.«

132

Ich tauche aus meiner Lektüre über den Jansenimsus auf, um die Tageszeitungen durchzublättern, und frage mich: kann eine Beziehung bestehen zwischen diesen theologischen Streitigkeiten, die Jahrhunderte dauerten und sich immer mehr mit politischen und wirtschaftlichen Problemen verflochten, und dem, was gegenwärtig in der Welt geschieht: Portugal, Angola, Libanon, Argentinien etc.? Und ich sage mir, daß es eine heimliche Verbindung zwischen den alten und den gegenwärtigen Kämpfen gibt, daß diese unter anderen Namen, Idealen und Vorwänden nur die Fortsetzung der vergangenen sind. Auf den ersten Blick möchte man meinen, daß die Probleme der Gnade, des freien Willens, der Prädestination heute keinerlei Gültigkeit mehr haben. Aber werden in ein paar Jahrhunderten Begriffe wie freies Unternehmertum, Klassenkampf, parlamentarisches System, Produktionsmittel, demokratische Wahlen sie haben? Vermutlich ja, aber in einem Kontext, der so verschieden ist, daß man Hellseher sein müßte, um sich klar zu machen, daß der Kampf noch der gleiche ist.

133

Schauspiel: Auf der breiten, menschenleeren Straße, in der mittäglichen Hundstaghitze, da alle Geschäfte geschlossen sind, läuft ein vornehmer, beleibter, glatzköpfiger Mann in Sakko und Krawatte in einer auf seine Masse bezogen rasenden Geschwindigkeit keuchend, in Schweiß gebadet, ein Köfferchen in der Hand. Die wenigen Passanten blieben stehen, um ihm nachzusehen, denn sein Lauf war ein verzweifelter und, schlimmer, ein Lauf ohne erkennbare Ziele oder Zwecke. Weit und breit war keine Taxi-, Autobus- oder Metrostation, er wurde weder verfolgt noch lief er jemandem hinterher. War es ein Verrückter? Ein Geschwindigkeitsfanatiker? Trug er eine Wette aus? Hatte er sich eine Buße auferlegt? Floh er vor einem inneren Dämon? Hetzte ihn ein dringendes leibliches Bedürfnis? Hoffte er, rechtzeitig zu einer amourösen Verabredung zu kommen, die über sein Leben entscheiden würde? War es nur ein Spaßvogel, der seine mutmaßlichen Zeugen verblüffen wollte? In Umkehrung dessen, was Brecht in einem berühmten Gedicht sagt: »So viele Berichte, so viele Fragen.«

134

Nichts verdrießt mich mehr, als wenn ich manchmal für ein Muster an Stoizismus angesehen werde. Oder Muster von irgend etwas. Ich hasse gute Ratschläge und Paradigmen. Was die Stoiker angeht, zugegeben: Marc Aurel und vor allem Epiktet lese ich mit Vergnügen, und ich erkenne in ihnen Haltungen und Axiome, die ich liebend gern selbst erfunden hätte. Aber in vieler Hinsicht stehen sie mir fern. Die Religiosität des einen stört mich genauso wie der Konformismus des anderen. Und an beiden der Ausschluß der Sinnlichkeit. Ich habe einen Zug zum Primitivismus oder zur Maßlosigkeit, der mich oft ins Extreme treibt und den zu unterdrücken mich eine schwache Gesundheit mehr als ein kluger Entschluß gezwungen hat. Ich bin ein frustrierter Hedonist.

135

Die Eroberer Amerikas fanden, was sie suchten: Gold in nie gesehenen Mengen, ausgedehnteste und ertragreiche Ländereien, Sklaven, die jahrhundertelang für sie arbeiteten. Sie fanden auch viele Dinge, die sie nicht suchten und die den Speisezettel der Menschheit verändert haben: die Kartoffel, den Mais, die Tomate. Aber als Schmuggelware gaben ihnen die Besiegten ein Produkt mit, das ihre Rache war: den Tabak – und vergifteten sie damit für den Rest ihrer Geschichte.

136

Wenn jemand erfährt, daß ich fast zwanzig Jahre in Paris gelebt habe, meint er immer, diese Stadt müsse mir wohl sehr gefallen. Und ich weiß nie, was ich darauf erwidern soll. Ich weiß wirklich nicht, ob mir Paris gefällt, wie ich auch nicht weiß, ob mir Lima gefällt. Ich weiß nur, daß Paris, wie Lima, für mich jenseits des *Geschmacks* ist. Ich kann diese Städte nicht nach ihren Denkmälern, ihrem Klima, ihren Menschen, ihrem Ambiente beurteilen, wie ich das mit Städten kann, in denen ich mich vorübergehend aufgehalten habe, und zum Beispiel sagen: Toledo hat mir gefallen, aber Frankfurt nicht. Der Grund ist, daß Paris und Lima für mich nicht Gegenstände der Betrachtung sind, sondern Errungenschaften meiner Erfahrung. Sie sind in mir wie meine Lungen oder meine Bauchspeicheldrüse, für die ich keinerlei ästhetische Wertschätzung habe. Ich kann nur sagen, daß sie mir gehören.

137

Literatur ist, von anderem abgesehen, ein Verhaltensmodell. Ihre Prinzipien lassen sich auf alle Tätigkeiten des Lebens extrapolieren. So mußte ich etwa, um die tausend Stufen am Strand von Los Farallones zu ersteigen, ein literarisches Verfahren anwenden. Als ich hoch oben das unzugängliche Belvedere sah, fühlte ich mich so erschlagen, daß ich keinen Schritt tun konnte. Da sah ich zu Boden und baute mir meinen Weg Stufe um Stufe, wie ich, Wort um Wort, meine Sätze baue.

138

Während der zehn Jahre, die ich in der Agentur gearbeitet habe, ging ich fast täglich in die Gärten des Palais Royal, um ein paar Minuten lang, vor oder nach dem Essen oder, wenn ich kein Geld hatte, statt des Essens, unter den Arkaden zu spazieren. Und was, Herr im Himmel, bleibt von diesen Wanderungen in mir? Wozu hat mir diese Investition von Hunderten und Aberhunderten von Stunden meines Lebens genützt? Zu nichts, außer dazu, in meinem Gedächtnis so etwas wie die in ihrer Genauigkeit törichte Postkartenansicht zu hinterlassen. Wir haben eine zweckorientierte Auffassung von unserem Leben und glauben, daß alle unsere Handlungen, vor allem die wiederholten, eine verborgene Bedeutung haben und Früchte tragen müßten. Aber so ist es nicht. Die meisten unserer Handlungen sind zwecklos, steril. Unser Leben ist auf grauer, ebener Kette gewebt, und nur da und dort tritt plötzlich reliefartig eine Blume, eine Figur hervor. Vielleicht waren unsere einzigen kostbaren und fruchttragenden Handlungen die zärtlichen Worte, die wir einmal ausgesprochen haben, eine Geste der Unerschrockenheit, die uns gelang, eine zerstreute Liebkosung, die Stunden, die wir lesend oder ein Buch schreibend verbracht haben. Und weiter nichts.

139

Über die Place Falguière fährt ein bärtiger junger Mann, der eine Halbwüchsige auf seinem Motorrad mit sich führt, und ich sage mir: Das ist etwas, das ich nie mehr werde tun können! Aber es gibt auch andere Dinge, die meine unerfüllten Träume bleiben werden: zu Fuß einen Teil Frankreichs, Italiens und Spaniens durchwandern, Cuzco sehen, noch einmal zu Pferd den Weg von Santiago de Chuco zur Hacienda Tulpo zurücklegen, eine Zeitlang in einer Metropole wie New York oder Moskau leben, Klavierspielen lernen, im Segelboot zu einer menschenleeren Insel oder Küste fahren, mein Leben in einem alten Rancho am Kai von Miraflores beschließen. Und so wenig hätte gefehlt, damit es möglich geworden wäre! Zum Beispiel die Erhörung meines Gebets an diesem Abend, als ich einen stämmigen Arbeiter vorübergehen sah: seinen Magen gegen vierzig Jahre Lektüre.

140

Unser Leben hängt manchmal von unbedeutenden Details ab. Weil das Telefon vorübergehend ausfällt, erreicht uns der Anruf nicht, den wir erwartet haben; dadurch, daß er uns nicht erreicht, verlieren wir für immer den Kontakt zu einer Person, die für uns wichtig gewesen wäre; dadurch, daß wir ihn verlieren, entgeht uns eine Beziehung, die uns hätte verwandeln können; dadurch, daß sie uns entgeht, versiegt eine Quelle des Genusses, der Erneuerung und der Bereicherung; dadurch, daß sie versiegt, verbauen wir die einzige wahrhaft fruchtbare Alternative, die die Welt uns geboten hat; dadurch, daß wir sie verbauen, kehren wir zum Ausgangspunkt zurück: dem eines Menschen, der einen Anruf erwartet, der niemals kommt.

141

Das Leben wird uns gegeben und genommen, aber es gibt Augenblicke, da wir es verdienen, will sagen, da es von uns abhängt, ob es weitergeht oder aufhört. Und das sage ich in Erinnerung an jene grausame Nacht im Krankenhaus, als ich in dem Gefühl, verloren und ohne jeden möglichen Beistand zu sein, hilflos weinte, denn seit Tagen schlief ich nicht, verdunstete mein Körper in der Transpiration, standen mir Schläuche und Sonden aus der Nase, dem Mund, dem Darm, der Harnröhre, der Vene, dem Brustkorb. Ich wünschte, daß mir alles weggenommen würde, vor allem meine Schmerzen. Eine Krankenschwester kam, beschwerte sich über mein Geschrei und gebot mir unwirsch, zu schweigen. Da Kranke zu Kindern werden, gehorchte ich und trieb in der nächtlichen Stille dahin. Auf einmal sah ich durchs Fenster, daß es Tag wurde, und hörte leisen Vogelgesang. Der Frühling kam. Ich wußte, daß es im Krankenhaus einen mit Bäumen bestandenen Innenhof gab, und stellte mir vor, daß die ersten Blätter sprießen. Und ein Blatt war es, das mich am Leben erhielt. Ich wollte es sehen. Ich konnte nicht sterben, ohne dieses Zimmer zu verlassen und, sei es auch nur vorübergehend, in die Natur zurückzukehren. Dieses grüne Blatt sich gegen den Himmel abzeichnen sehen. Welche absurden Überlegungen brachten mich auf den Gedanken, daß mein Leben davon abhinge, dieses grüne Blatt zu sehen? Und ich strengte mich an, leistete Widerstand, kämpfte, denn es würde Tag werden und man würde mir erlauben, durchs Fenster in den Innenhof zu schauen. Der Arzt gestattete es einige Tage später. Auf der Krankenbahre wurde ich nach unten gefahren. Und als ich in den Hof kam, sah ich die Bäume: Sie waren gnadenlos kahl, nur an einem einzigen Zweig war ein Blatt herausgekommen. Ein winziges, durchscheinendes, gegen den Himmel sich abzeichnendes, wundertätiges grünes Blatt.

142

Das literarische Imponiergehabe vieler lateinamerikanischer Autoren. Ihr Komplex, aus unterentwickelten Randzonen zu kommen, und ihre Furcht, als ungebildet zu gelten. Der Wille zur Demonstration in ihren Werken: hochgradig lächerlich. Beweisen, daß auch sie die ganze Kultur – welche Kultur? Als ob es nur eine Kultur gäbe! – umfassen und auf einer enzyklopädischen, zwanzig Jahrhunderte Geschichte resümierenden Seite zum Ausdruck bringen können. Der Neureichenaspekt ihrer Werke: zusammengestoppelte Palästchen, monströs, überladen wie die Kleider, die eingewanderte Afrikaner und Vorstadtpariser am Sonntag anziehen, um auf den großen Boulevards spazierenzugehen. Ihr eigener Glanz macht sie glanzlos.

143

Mit einmal bezieht sich der Himmel von Paris, der Nachmittag verfinstert sich, und im Innern des Hauses breitet sich dieses kompakte Halbdunkel aus, das ich nur von den alten, im Regen ertrinkenden Haciendas der Sierra kenne. Welch unüberwindliches Heimweh, wenn ich an Tulpo, El Tambo, Conocancha zurückdenke, die Gutshäuser in den Anden, in denen ich als Kind und Halbwüchsiger aus- und einging. Die Tür ins Freie öffnen hieß ins Herz des Landes, ins Herz des Abenteuers eindringen, ohne daß irgend etwas mich von der Wirklichkeit getrennt hätte. Weder die Erinnerung noch die Ideen, noch die Bücher. Alles war natürlich, direkt, neu und unmittelbar. Jetzt hingegen gibt es keine Tür, die, wenn sie sich öffnet, mich nicht von etwas trennte und mich tiefer in mich selbst hineindrängte.

144

Nie werden wir wissen, wie wir die erträumte Stadt einmal sahen, in der wir eines Tages ankamen. Wie war das Paris, das ich als Halbwüchsiger mir vorstellte? Sicher gab es davon irgendeine Druckplatte, aber meine Erfahrung der Stadt hat sie vollständig überlagert. Selbst jetzt kann ich mir nicht mehr vergegenwärtigen, wie ich noch vor einem Monat den Strand von Carboneras gesehen habe (und ich bin überzeugt, daß ich ihn in den Tagen vor meiner Abreise gesehen habe), denn danach habe ich ihn kenengelernt, und die Erinnerung an das Erlebte, die ich mit nach Hause brachte, hat die Erinnerung an das Imaginierte zugedeckt. Ich spreche von Städten, doch läßt es sich auf Menschen, Kunstwerke, Gegenstände übertragen. Ehe ich Samuel Beckett kannte, ein Bild von Bacon sah oder einen Camembert aß, hatte ich ein annäherndes, falsches Bild dessen, was sie waren. Wo ist dieses Bild? Unnötig, danach zu forschen, es bleibt nichts. Als Konstrukte unserer Imagination existieren sie nur vorläufig, weil sie falsch sind, und entziehen sich für immer, sobald das wirkliche Bild erscheint.

145

Liebe, um Liebe zu sein, braucht nicht unbedingt die Zustimmung, nicht einmal das Bescheidwissen der geliebten Person. Wir können einen Menschen lieben, der uns verachtet, sogar einen, der uns nicht kennt. Freundschaft hingegen verlangt Gegenseitigkeit; einem, der uns nicht Freund ist, kann man nicht Freund sein. Freundschaft, solidarisches Gefühl, Liebe, einsames. Überlegenheit der Freundschaft.

146

Bei einem Stamm im Amazonas-Gebiet, den Lévi-Strauss beschreibt, übernimmt der Häuptling eine Reihe beschwerlicher Verpflichtungen, die scheinbar seinem Rang widersprechen. Er beteiligt sich an den Gemeinschaftsarbeiten wie jeder andere, im Krieg hat er in vorderster Linie sein Leben aufs Spiel zu setzen, jedes Jahr muß er alles, was er besitzt, an seine Untertanen verteilen. Als Ausgleich für alle diese Auflagen genießt er ein einziges Privileg: In diesem monogamen Stamm hat nur er das Recht, mehrere Frauen zu besitzen. Darauf beruht seine Majestät. Macht = Sexus.

147

An manchen Morgen stehe ich auf, schaue durchs Fenster, sehe dem Tag ins Gesicht und weigere mich entschieden, ihn zu empfangen. Er hat etwas Trübes, Hinterhältiges, Kleinliches, Heuchlerisches, das mich abhält, ihn einzulassen. Es sind die Tage der Gläubiger, die kommen, um etwas mitzunehmen, nicht um uns etwas dazulassen. Also schlage ich ihnen die Tür vor der Nase zu, wie einem Hausierer oder wie diesen alten Bekannten, die uns unvermutet überfallen, damit wir ein Manifest unterschreiben oder eine schon erloschene Freundschaft neu beleben. Versiegelte, tote Tage, die außerhalb unseres Lebens ablaufen und uns ins Grübeln und ins Schweigen zwingen. Aber vielleicht verdanken wir ihnen unser Bestes.

148

Mein Kapital an Leben ist schon aufgezehrt, und ich lebe nur noch auf Kredit. Kredit, den mir das Schicksal aus Zerstreutheit, aus Mitleid, aus Neugier einräumt. Aber irgendwann, von einem Moment auf den andern, werde ich, wenn ich meinen Taglohn oder besser, meinen Arbeitstag abhole, den Kassenschalter geschlossen finden, und an der Wand ein Schild wie in irgendeinem gewöhnlichen Lebensmittelladen: »La maison ne fait plus de crédit.« Dann, ciao, mein Leben.

149

Sich ein Buch ausdenken, das von der ersten bis zur letzten Seite ein Handbuch der Weisheit, eine Quelle des Entzückens, eine Wunderbüchse, ein Muster der Eleganz, ein Schatz an Erfahrung, ein Ratgeber in Verhaltensfragen, ein Geschenk für Ästheten, ein Rätsel für die Kritiker, ein Trost für die Unglücklichen und eine Waffe für die Ungeduldigen wäre. Warum es nicht schreiben? Schon, aber wie? Und wozu?

150

Manchmal erwache ich, ausgehöhlt vom Zweifel, und sage mir, daß alles, was ich geschrieben habe, falsch ist. Das Leben ist schön, die Liebe ein Springquell des Genusses, die Worte so sicher wie die Dinge, unser Denken durchsichtig, die Welt intelligibel, was wir tun, nützlich. Das große, wunderbare Abenteuer des Seins. Folglich ist nichts vergeudet: Der Erschossene starb nicht umsonst, es lohnte sich, daß der Tenor diesen Bolero sang, die flüchtige Abendröte bereicherte einen Kontemplativen, der Jüngling, der ein Sonett schrieb, verschwendete nicht seine Zeit, es tut nichts, daß der

Maler sein Bild nicht verkaufen kann, gelobt sei die Vorlesung, die der Provinzprofessor hielt, die Demonstranten, die von der Polizei auseinandergejagt wurden, haben die Welt verändert, das Gericht, das ich in einem Dorfgasthaus aß, ist so denkwürdig wie das Theorem des Pythagoras, die Kathedrale von Chartres kann nicht einmal durch ihre Zerstörung zerstört werden. Jeder Mensch, jede Tatsache ist der Knoten, der zur Herrlichkeit des Teppichs notwendig ist. Im Kassabuch des Lebens wird alles auf der Habenseite eingetragen.

151

Wein trinkend an diesem sonnigen, aber kühlen Sommerabend. Lustlos und ohne Freude, nur um eine neue Woge abendlicher Melancholie zu neutralisieren. Ich habe versucht, den Schlafzimmerteppich zu säubern, aber nach zehn Minuten, am Boden zerstört, warf ich mit hängender Zunge die Leier oder besser, den Besen. Ich legte meine Barockmusikplatten auf, aber auch Telemann, Purcell, Tartini, Marcello, Couperin gaben mir den Lebensodem nicht zurück. Ich spielte eine Schachpartie nach, Karpow gegen Kortschnoi, und entdeckte unverzeihliche Fehler bei letzterem, der natürlich verlor. Ich fing an, einen Artikel über Informatik zu lesen, merkte aber, daß ich nichts verstand, und schimpfte auf den Verfasser, statt meine Unwissenheit einzugestehen. Ich ging auf einen Sprung in die Küche, nachschauen, was dort zu tun war, und rieb mit einem Schwamm verzweifelt, ohne merklichen Erfolg, ein schmutziges Stück Wand ab. Ich warf, diesmal buchstäblich, den Schwamm weg. Ich gab meinem Kater einen Fußtritt und danach, zur ausgleichenden Gerechtigkeit, sein Essen. Ich überlas nochmals einen Brief und wollte ihn beantworten, schob es aber auf, weil ich mich zum Briefschreiben nicht in Form fühlte. Ich schaute vom Balkon aus auf die Place Falguière und sah dort den hervorragenden Orientalisten Dr. Fernando Tola, doch handelte es sich offenbar um einen französischen Dummkopf mit Brille und Intellektuellenmiene. Schließlich entkorkte ich einen Bordeaux und kostete ein Glas, das mir schmeckte. Rauchend spazierte ich um meinen Arbeitstisch herum und wußte nicht, was ich tun sollte. Ich goß mir ein zweites Glas ein und landete an meinem Schreibtisch, um diese Seite zu schreiben.

152

Ich versuche vollkommen verschiedene Romane zu lesen, von dem des vielgerühmten französischen Autors Michel Tournier bis hin zu lateinamerikanischen Autoren, die, wie mein alter Freund R. R., vollkommen unbekannt sind. Mühseliges Geschäft, voranzukommen und mich zu interessieren für das, was sie sagen. Woran liegt das, frage ich mich. Vielleicht daran, daß beide verdienstvolle Schriftsteller, aber keine großen Schriftsteller sind. In Tournier *(Le roi des aulnes)* regt mich etwas auf. Er ist ein Mann voller Ideen, zu vieler Ideen. Ein zum Romancier konvertierter Philosoph, und wir wissen, was das in der Regel ergibt. R. R. hingegen *(El bonche),* auf Literat umgepolter Abenteurer, wirft uns sein Geschriebenes an den Kopf wie ein Stück rohes Beefsteak. Beide verkörpern Fehler, an denen viele zeitgenössische Erzähler kranken. Unterschiedliche Fehler: der Mann, der über die Universität, und der, der aus dem Leben zum Roman gekommen ist. Am ersten stört mich das übermäßige Bestreben, seine Intelligenz zu zeigen, am zweiten, daß er sie verheimlicht und sich als ein Mensch gibt, der vor Leben strotzt und auf den Orgeldeckel scheißt. Aber der Roman ist etwas anderes, und sicher wären beide, hätten sie ihre guten Eigenschaften zueinanderfügt, der ideale Romancier geworden. Beiden gemeinsame Fehleinschätzung: zu glauben, daß man gleichzeitig zum Roman gelangen und ihn verhöhnen kann, der erste, indem er sein »savoir faire« und seine metaphysische Absicht, der andere, indem er seine Geringschätzung der Literatur geltend macht. Aber in Wirklichkeit kann einer nur dann ein großer Romancier werden, wenn er nichts anderes als einen Roman schreiben will – mit allen Risiken, die damit verbunden sind, wenn man ihn respektiert – und von vornherein das Scheitern als Möglichkeit zuläßt, ohne Entschuldigung oder mögliche Verteidigung, denn sonst ist es am Ende der Roman, der uns verhöhnt.

153

Achthundert Jahre vor unserer Zeitrechnung sagt ein chinesischer Philosoph im *She King*: »Ein Fleck auf einem Amtsstab aus weißer Jade kann abgeschliffen werden; aber gegen einen Fleck in der Sprache kann nichts getan werden.« Im ersten Jahrhundert vor Christus sagt der Dichter Horaz in seiner *Ars poetica*: »Einmal entsandt, fliegt unwiderruflich das Wort hin.« Beide Aussagen überraschen uns, weil sie einer Flüchtigkeit oder Nachlässigkeit im sprachlichen Ausdruck den Charakter des Nichtwiedergutzumachenden beimessen. Mit dem Respekt orientalischer Gelehrter vor grammatikalischer Korrektheit legt der chinesische Philosoph den Akzent auf das Einhalten der Sprachregeln und hält jede Überschreitung derselben für unverzeihlich. Der römische Dichter bezieht sich auf die gesprochene Sprache und mehr auf die Auswirkungen des Inhalts als auf formale Sorgfalt. Deshalb spricht er von dem »entsandten Wort«, der in den Wind entlassenen Rede, die, einmal ausgesprochen, nicht mehr zurückgeholt werden kann. Beide Sentenzen sind eine Lektion, die uns auffordert, nachzudenken, ehe wir schreiben oder sprechen. Eine leider selten befolgte Lektion.

154

Man ist geneigt zu denken, daß Geld uns nicht das Glück geben kann, was richtig und auch falsch ist. Richtig, insofern es das absolute Glück nicht gibt und folglich nichts es uns verschaffen kann, auch nicht das Geld. Falsch, denn Geld löst für uns die zahllosen materiellen Probleme und Unannehmlichkeiten des Alltags, denen die Menschheit unterworfen ist – was allein schon genügen würde;

es erlaubt uns, bestimmte Träume zu verwirklichen, bestimmte Launen zu befriedigen und das wirklich nicht zu Verwirklichende auf ein Minimum zu reduzieren. Wenn es uns nicht völlig glücklich macht, gibt es uns wenigstens die Möglichkeit, den Anspruch darauf zu erheben und größtenteils auch durchzusetzen. Deshalb ist es ein Irrtum – und die Reichen müssen es wissen und ihn verbreiten helfen –, das Geld zu verachten. Paul Getty, der eine Zeitlang der reichste Mann der Welt war, sagte, daß das Geld drei Dinge nicht beschaffen könne: Gesundheit, Kultur, Liebe. Seltsame Antwort, die sich bei Lichte betrachtet aber als richtig erweist. Die Gesundheit, weil kein Krankenhaus, kein Arzt, keine Behandlung und keine Droge einen Schwerkranken heilen kann. Die Kultur, weil man sie nicht kauft, sondern sie durch eigene Anstrengung erwirbt; Getty selber wußte das, denn obwohl er sich mit Bildern und Kunstgegenständen umgab, war er kein gebildeter Mensch. Die Liebe, was eines Kommentars bedarf, denn Geld kann uns zeitlebens den Körper einer oder hundert Frauen, aber weder ihre Zuneigung noch ihre Leidenschaft verschaffen. Gleichwohl mildert, verschleiert oder kompensiert das Geld diese Mängel: Stellt es auch unsere Gesundheit nicht wieder her, so hilft es uns doch, das Schmerzliche unserer Krankheit abzufedern; bildet es uns nicht, so erlaubt es uns doch, uns mit allen äußeren Zeichen von Bildung zu umgeben; gibt es uns die Liebe nicht, so verschafft es uns doch die Sinnenlust und die Vortäuschung liebender Zuneigung.

155

Die eigene Bibliothek ist ein Anachronismus. Sie nimmt in immer kleineren Wohnungen zuviel Platz ein, sie sich aufzubauen, ist teuer, und der Nutzen, den man aus ihr zieht, steht nie wirklich in einem Verhältnis zu den Anschaffungskosten oder dem Umfang. Im übrigen: Ist ein gelesenes Buch nicht da, in unserem Kopf, ohne Platz einzunehmen? Wozu also es aufheben? Und gibt es heute nicht mehr als genug öffentliche Bibliotheken, wo wir nicht nur bekommen können, was wir wollen, sondern mehr als das? Die eigene Bibliothek entspricht Verhältnissen vergangener Zeiten: als man noch im Schloß oder Stammhaus lebte, wo man von der Welt abgeschlossen war und die Welt gebunden zur Hand haben mußte; als Bücher noch selten waren, oftmals Unikate, so daß es zwingendes Gebot war, die begehrte Inkunabel zu besitzen; als Wissenschaften und Künste sich noch weniger rasch entwickelten und das, was die Bücher enthielten, über mehrere Generationen hinweg seine Gültigkeit behielt; als die Familie noch stabiler und seßhafter war und eine Bibliothek, ohne Gefahr der Zersplitterung, in ein und demselben Haus fortbestehen konnte, im selben Raum, in denselben Schränken. Diese Verhältnisse sind heute nicht mehr gegeben. Und doch gibt es Verrückte, die alle Bücher der Welt haben möchten. Weil sie zu faul sind, in die öffentlichen Bibliotheken zu gehen; weil man glaubt, nur die Rücken einer Buchreihe anschauen zu müssen, um zu denken, man habe die Bücher gelesen; weil man die Berufung zum Totengräber hat und sich gern mit Toten umgibt; weil der Gegenstand als solcher, unabhängig vom Inhalt, uns lockt, ihn zu beriechen, zu liebkosen. Weil man gegen jede Evidenz glaubt, das Buch sei eine Garantie für Unsterblichkeit und das Aufbauen einer Bibliothek wie die Errichtung eines Pantheons, in dem man gern seine Nische reserviert haben möchte.

156

Beim Lesen einer Erzählung von Lezama Lima gewahre ich einen der Grundzüge des Barock: die Vorherrschaft der Form über die Funktion. Für Lezama ist die Erzählung ein Vorwand, ornamentale Figuren zu entwickeln, viele sehr schön und notwendig, andere weniger gelungen und überflüssig. Zweitrangig für ihn die Struktur, die Ökonomie, die Spannung, das Fortschreiten der Erzählung. Nur Raum, zur Ausschmückung mit Wörtern bestimmt.

157

Erster Mai, grau, trübselig. Tote Stadt. Blöcke von Häuserblöcken, bis ich einen geöffneten Laden finde, wo ich ein Dutzend Eier kaufen kann. Ein paar Nachbarn kehren mit ihrer wer weiß wo aufgetriebenen »baguette« zurück. Auf der Place Falguière sehe ich eine Schnecke, die mühsam die Fahrbahn quert. Sie befindet sich genau in der Mitte, und noch hat kein Auto sie überfahren. Der Verkehr ist gleich Null, aber hin und wieder fährt ein Wagen vorbei. Weiß es die Schnecke? Die Schnecke weiß nicht einmal, daß erster Mai ist. Deshalb trage ich sie, nicht etwa mit der Hand, denn ich ekle mich vor Schleimigem, sondern mit meinem Taschentuch auf den Gehsteig. Dort wird sie mit Sicherheit kein Wagen, dafür aber ein Proletarier zerquetschen. Auf jeden Fall sind ihre Minuten gezählt. Wohin wollte sie gehen, die Arme? Wer hat sie erwartet? Welchen Plan hat sie in ihrem kleinen Kopf ausgeheckt? Schutzloses Tierchen, wie du, wie ich, wie jedermann.

158

Nichts macht mich so neugierig wie diese winzigen Büros, denen ich auf meinen Wanderungen durch wenig begangene Gäßchen in Paris häufig begegne und deren einziges Erkennungszeichen das Schild »Bureau de recherches« ist. »Recherches«, gut, aber was für »recherches«? Unmöglich, es herauszufinden, wenn wir uns an das halten, was wir durchs Fenster oder eine verglaste Tür zu sehen bekommen: Regale mit Aktenordnern und Aktenbündeln, ein paar Stühle, ein niedriger Tisch mit Aschenbechern und Zeitschriften sowie ein Schreibtisch, hinter dem gewöhnlich ein älterer Mann sitzt, in eine Art unvordenklicher Meditation versunken, die ihn fast schon versteinert hat. Um das Geheimnis zu lüften, wäre es das Klügste, einzutreten, aber, was vorbringen? Ich würde schwanken zwischen der Bitte, mir eine Wohnung zu suchen, mich bei der Anlage einiger Spargroschen zu beraten, mir ein seltenes Buch zu beschaffen, mir den Wohnort eines vermißten Verwandten ausfindig zu machen, mir den Plan für ein Haus zu zeichnen oder eine Marktstudie zur Einführung eines Produkts anzufertigen. Vielleicht ist der Mann in der Lage, alles das, mehr als das oder nichts von alledem zu bewerkstelligen. Aber das Wahrscheinlichste ist, daß er bereits einen solchen Grad – das Optimum – von Untätigkeit erreicht hat, daß das Erscheinen eines Kunden eine zu starke Erregung für ihn wäre, als daß er sie ertragen könnte.

159

Ich muß eine von Mal zu Mal sich verstärkende Tendenz zur Nächstenliebe in mir unterdrücken, die mich zu einer heimlichen und glanzlosen Heiligkeit führt. Einer verdächtigen Heiligkeit überdies, weil ich nur, wie Melville sagt, meinem Gewissen Zucker gebe. Wie zum Beispiel jetzt, da ich der Concierge einen Fünf-Minuten-Schwatz widme, während mich zu Hause Arbeit und ernste Sorgen erwarten. Bloß weil sie mir leid tat, so allein in ihrer »loge«, und ich dachte, das einzige, was sie erwarten, was ihren sinkenden, vom täglichen Betrieb ausgehöhlten Tag erhellen könnte, seien die

Worte eines Mieters. Und zwar die Worte, die sie erwartet: das schlechte Wetter, die allgemeine Teuerung etc. Sie nahm das Gespräch begeistert auf, ihre Äuglein glänzten, ihre Haut entrunzelte sich, etwas Erloschenes begann aufzuflackern, und ich zweifle nicht, daß ihr heute nacht, wenn sie schlafen geht, die Wände ihres Zimmers weniger schmutzig erscheinen werden und weniger kalt ihr Bett einer gräßlichen alten Witwe.

160

Der Liebhaber ist nichts weiter als ein Hampelmann, ein Eindringling, der meint, ein Schloß erobert zu haben, während er doch nur eine Mauer erklommen hat, von der er früher oder später herunterfallen und sich den Hals brechen wird. Der Ehemann nimmt sich diese Übergriffe nicht zu Herzen, ja er duldet, billigt sie sogar. Nicht bloß um der Gerechtigkeit und Gegenseitigkeit willen – gesetzt, auch er sei im Verhältnis zu anderen Ehemännern ein Liebhaber –, sondern weil diese Seitensprünge für die Stabilität der Institution Ehe notwendig sind. Die Liebhaber neutralisieren Spannungen und Probleme, die das Eheleben bedrohen. Sie wirken als harmloses Agens der bürgerlichen Moral, festigen sie doch die Existenz ehelicher Gemeinschaften, die ohne sie Schiffbruch erleiden würden. Ganz abgesehen davon, daß der Ehemann die lächerlichen Briefe, Gedichte oder Versprechungen des Liebhabers immer entdeckt, was ihm Augenblicke unbezahlbaren Vergnügens bereitet, seine eheliche Autorität stärkt und die ganze Tristesse und desolate Lage des Liebhabers bestätigt, der in dieser Geschichte am Ende der eigentliche Gehörnte ist.

161

Gewohnheit, meine Kippen über den Balkon ungeniert auf die Place Falguière zu werfen, wenn ich am Geländer lehne und niemand auf dem Gehsteig ist. Deshalb ärgert es mich, gerade dann jemand da stehen zu sehen, wenn ich es tun will. »Was, zum Teufel, macht dieser Typ in meinem Aschenbecher?« frage ich mich.

162

Der Mensch, der es schafft, während er in den Abgrund stürzt, die Rose zu bewundern, die auf dem Fels blüht. Der Mensch, der aufschwebend zum Olymp eine Träne weint um den einäugigen Falken, der ihm auf seinem Flug begegnet. Erhebende Bilder. Mich erdrücken erhebende Bilder.

163

Gerade weil wir wissen, daß das Leben häßlich, hart, grausam, vergänglich ist, müssen wir versuchen, diejenigen Augenblicke der Wonne oder der Zufriedenheit zu bewahren und zu verklären, die uns gegeben werden, ohne daß wir darum bitten, und die gewöhnlich in den ganzen Schutt unseres täglichen Brots gemischt sind. Zum Beispiel diesen goldenen, flammenden Herbstabend, krönender Abschluß eines unerwarteten, sonnigen, herrlich milden Morgens, der uns über einen schlechten Sommer hinwegtröstet, auch wenn er einen harten Winter ankündigt. Diesen letzten Abend konnte ich im Flug erhaschen, mich mit geruhsamen Arbeiten in ihn einschiffen, das Haus verlassen, gehen, schauen, zurückkehren, lesen, schreiben. Konnte mich, als es Abend wurde, von meinem Sohn vertreten lassen bei einer Verabredung, der nachzukommen ich keine Lust hatte. Konnte zusehen, wie er seinen blauen Samtanzug anzieht, sich den Schlips bindet, sich frisiert und am Arm seiner Mutter, die er schon um einen halben Kopf überragt, aus dem Haus geht. Vom Balkon aus ihnen nachschauend, sagte ich mir: »Wozu denn noch? Was, zum Teufel, tu ich denn hier, gealtert und krank, gelangweilt und müde, wenn meine Kopie sauberen Leibes und gesunder Seele in die Welt hinausgeht und sich jubelnd ins Unbekannte stürzt?«

164

Das ärmliche Pärchen, das vor dem Postschalter Schlange steht, um die überfällige Rechnung für das Telefon zu begleichen, das man ihm mangels Bezahlung abgestellt hatte. Voller Scham, sich in dieser Lage zu befinden, aber bereit, die Würde zu wahren, und sei es durch großspuriges Auftreten. Als sie vor den Angestellten kommen, um ihren Scheck abzugeben, sagen sie: »Sie verstehen doch, diese kleinen Rechnungen vergißt man schon mal.

Wo wir doch viel größere Zahlungen haben, die Wechsel für das Wochenendhaus, für den Wagen. Man kann nicht an alles denken! Jeder verliert mal den Überblick.« Der Angestellte nickt gutmütig. Vielleicht hat er diese Rede, die Rede des nicht in sein Schicksal ergebenen Armen, schon tausendmal gehört.

165

Anblick eines Lamas in der Rue de Sèvres, eines gefangengehaltenen, von fahrendem Volk ausgebeuteten Lamas. Bis jetzt habe ich Bären, Ziegen und Affen bei diesen Straßenspektakeln gesehen, aber noch nie ein Lama. Vorgeschmack dessen, was uns erwartet: unsere Kultur, unsere Symbole oder, wenn man lieber will, die Symbole unserer Kultur verwandelt in Zirkusobjekte, in billige Schaustücke auf öffentlichen Plätzen. Das weiße Lama, mit Augen von reinstem Himmelblau, trug um den Hals eine Kette aus scheußlichen Plastikblumen, schaute erschrocken auf den Verkehr und fragte sich, was, zum Teufel, es hier tat, so fern seiner andinen Hochebenen. Armes peruanisches Tierchen! Das Leben ist auch in deiner Pampa nicht leicht, du trägst schwere

Lasten, du erklimmst steile Abhänge. Aber du bist kein Ausländer.

166

Der kleine Pfarrer, Lehrer an einer höheren Schule in den Anden, den ich auf dem Jahrmarkt von Huanta traf. Ich weiß nicht, wie es kam, daß wir schließlich in einem ländlichen Zelt zusammen aßen und Bier tranken. »Julio Ramón Ribeyro!« sagte er und blickte mich mit verzückten Augen an. »Wer hätte das gedacht!« Dieser und andere Sätze (»Das kann doch nicht wahr sein, Julio Ramón Ribeyro!«) interpunktierten unser Zusammensein. Als wir uns verabschiedeten und er mir wärmstens die Hand drückte, sagte er: »Nein, so etwas! Mittag gegessen zu haben mit dem Autor von *Die Stadt und die Hunde!* Mir verschlug es die Sprache. Alles war das Ergebnis einer Verwechslung gewesen. Ich klärte ihn nicht auf. Wozu auch? Daß er mir Vargas Llosas berühmten Roman zuschrieb, erschien mir schmeichelhaft. Daß er später seinen Irrtum entdecken und mich für einen Betrüger halten wird, kümmert mich wenig.

167

Diese alten Häuser in den heruntergekommenen und vergessenen Vierteln von Paris, ihre hohen grauen Fassaden, ihre schmutzigen Tore, ihre bröckelnden Mauern, ihre dunklen Treppenhäuser. Man stellt sich vor, daß sie nichts als Einsamkeit, Scham, Verzweiflung und Tod in sich bergen können. Und plötzlich werden an einem Fenster die Fensterläden weit aufgeschlagen, und lächelnd, umschlungen, schaut ein junges Liebespaar heraus.

168

Unter sich nennen sie sich *pavitas*, Putchen. Sie sind hübsch, achtzehn Jahre alt, wohnen im gleichen Viertel, verkörpern die ganze Lustigkeit und Jugend der Welt. Mittelpunkt der Puten, die umtriebigste und hübscheste, ist Roxana, braunhäutig, kräftige Beine und Hüften, weiches, geringeltes Haar, lebhafteste Augen. Dann kommen Mariella, schlank, zart, kastanienbraunes Haar, Fiorella, die einzige Blonde, mit grünen Mandelaugen, und Carmen, klein, aber ausgelassen, die sich brüstet, keinen italienischen Vornamen zu haben in einer Zeit, da diese Namen Mode sind.

Alle sprechen englisch, stehen auf Popmusik, tragen Bluejeans, wissen, daß sie hübsch sind, lassen ihre Verehrer leiden, betrachten das Leben als einen leckeren Apfel, der bloß darauf wartet, mit einem großen Biß verschlungen zu werden.
Sie treffen sich im Haus von Roxana, schwatzen unaufhörlich, sprechen entzückend albern oder tiefsinnig von der Unsterblichkeit der Seele oder der besten Damenbinden-Marke, oder sie liegen still auf dem Teppich, um eine Platte von Santana zu hören, wobei manchmal eine Marihuanazigarette von Lippe zu Lippe die Runde macht. Keine von ihnen arbeitet, oder tut dies höchstens zeitweise. Ein selbstloser Papa um die Fünfzig, der hoffnungslos in sie verliebt ist, schuftet von morgens bis abends, damit ihnen nichts abgeht, weder das Wochenendhäuschen in Miraflores noch das Auto, das sie an den Strand oder zu Besorgungen in die Stadt fährt, ja nicht einmal der Heiratskandidat, der sie zum Altar führt, ohne daß sie ihr »standing« verlieren; nie verstandene Papas, arme, einsame Papas, die nichts von ihnen bekommen, allenfalls einen Kuß oder eine flüchtige Liebkosung, und die dazu verurteilt sind, an einem Herzinfarkt zu krepieren oder, wenn sie es am wenigsten erwarten, an einem Krebs zu sterben und dazu noch ohne zu klagen, nur damit die *pavitas* existieren können.

169

Ich schrieb zwei Briefe, ging für das Mittagessen einkaufen, legte eine Bachkantate auf, trank ein Glas Wein, zündete mir eine Zigarette an, trat auf den Balkon, um den Abend zu sehen, und plötzlich überkam mich die ganze Traurigkeit der Welt. Was tat ich da, mein Gott, an diesem Samstagabend, allein, auf die verstümmelte Place Falguière hinunterschauend, mit so wenig Lust auf das Leben? Wo sind die heiße Liebe, die jubelnde Freundschaft, der dauerhafte Genuß? Bald achtundvierzig, und noch immer spreche ich mit mir, kreise um mein eingefallenes, vom Rost der Zeit und der Desillusion zerfressenes Bild. Vereist, verdorrt, hohl, wie ein Grabstein auf dem winzigsten Friedhof der Sierra, mein eigener Grabstein.

170

Ein zerbrochener Spiegel, ein Pfarrer, zwei tote Tauben. Dinge, die ich auf der Straße sah, als ich ins Büro ging. Dinge, die für mich Symbole sind, bei meiner beharrlichen Gewohnheit, den Dingen eine Bedeutung zuzuschreiben oder, umgekehrt, ihnen eine Botschaft abzupressen. Die Tauben beeindruckten mich besonders. Ihr Tod war jung, da sie in einer kleinen Pfütze aus frischem Blut lagen. Ich sagte mir: »Vor ein paar Minuten haben sie gelebt, jetzt nicht mehr.« Das Leben ist von ihnen gegangen. Aber wohin ist das Leben gegangen? Ich stellte mir das Leben als etwas vor, das außerhalb der Lebewesen existiert, etwas, das vor ihnen da ist, sie aber braucht, um sich kundzutun. Mit anderen Worten, daß die Wesen, und natürlich der Mensch, bloße Gefäße des Lebens sind, das sie als Behälter benützt. Das Leben ist in den Wesen, aber die Wesen sind nicht das Leben.

171

Bücher, schleimig wie Sümpfe, in denen man versinkt und vergeblich nach Rettung ruft; trockene, aber scharf geschliffene, kantige Bücher, die uns Wunden schlagen; weich gepolsterte Bücher, Marke Dunlopillo, die uns hochschnellen und zurückprallen lassen; Meteorbücher, die uns in unbekannte Regionen versetzen und uns Sphärenmusik hören lassen; flache und rutschige Bücher, auf denen wir ausgleiten und uns den Hals brechen; uneinnehmbare Bücher, in die wir nicht hineinkommen, weder durch die Mitte noch von vorn, noch von hinten; Bücher, so hell, daß wir in sie eindringen wie in die Luft, und die, wenn wir das Gesicht wenden, schon nicht mehr da sind; verpuppte Bücher, deren Stimme Jahre erst, nachdem wir sie gelesen haben, zu uns dringt; Bücher mit Haaren und Hoden, die uns Geschichten mit Haaren und Hoden erzählen; Orchester-, Sinfonie-, Chorbücher, die aber, so scheint es, vom Tambourmajor der Dorfkapelle dirigiert werden; Bücher, Bücher, Bücher ...

172

Ein kleines Lehmziegelhaus an einem abgelegenen Strand der peruanischen Küste, wo ich in dosierter Einsamkeit leben könnte – denn einige Besucher würde ich empfangen oder hätte manchmal einen Logiergast –, in der Sonne liegen, ein wenig schwimmen, angeln, mich in einer Hängematte schaukeln, den Sonnenuntergang betrachten, irgend etwas lesen, Musik hören – oh, wie die Barockkomponisten vor dem aufgeregten Pazifik klingen würden! –, ohne jeden Druck oder Ehrgeiz oder Angst schreiben, begraben, ausgesät zwischen Dünen und Meer. Hier könnte ich in einer Art von Zeitlosigkeit oder illusorischer Ewigkeit leben und langsam vertrocknen wie ein abgefallenes Blatt, ganz allmählich, ohne Schmerz und schreckhafte Unruhe, bis ich nichts mehr wäre als ein Sandkorn mehr. Dieser Wunsch, nehme ich an, geht auf älteste Vorfahren zurück oder entspricht vielleicht Triebkräften der Gattung, falls es sich nicht eher um einen Kulturmythos oder eine literarische Reminiszenz handelt. Die einsame Insel, die geheime Stätte, der Locus amoenus sind alte Themen der Philosophie und der Kunst. Und ich übernehme sie bewußt, inbrünstig.

173

Auf der Mauerumrandung des Froschteichs sitzend, schaue ich dem Wassersprenger beim Besprühen der Kleeterrasse zu, höre von den Arkaden her die Akkorde von Schumanns Vierter Sinfonie, weiß, daß jeder Gegenstand um mich herum – Aschenbecher, Lampe, Taburett, Bücher – kostbar, der erträumte, gesuchte und gefundene Gegenstand ist, trinke in langsamen Schlucken einen klassischen Chianti, Antinor 1963, und mit ihm *la dolce vita* der Entspannung und des Überflusses. Wie groß die Welt für die Reichen ist! Sie verfügen nicht nur über die Zeit, sondern auch über den Raum. In dem Haus, in das wir eingeladen sind, genießen wir im Umkreis von mehreren Kilometern die ganze Sonne, alle Hügel, alle Stille, allen Frieden, alle Blumen und alle Früchte. Die Heerscharen der aufstrebenden und zielstrebigen Armen, die in diesem Augenblick in den zwanzig Quadratmetern eines glühendheißen schmutzigen Stadtzimmers schwitzen, werden uns erst in mehreren Generationen einholen, wenn dieses Stammhaus eine Ruine sein wird und sie mit seinen Trümmern ein anderes werden bauen müssen.

174

Abenddämmerung über dem unbewegten Meer. Durch die Glastür des herbstlichen Hotels schaue ich auf den menschenleeren Strand. Unbefleckter malvenfarbener Sand. Eine verirrte Möwe sucht flatternd nach ihrem Schwarm. Weit draußen ein kleines Boot, am Ruder ein einsamer Fischer. Die purpurnen Schleierwolken spielen ins Violette. Welche Verschwendung an Raum, an friedlicher Ruhe, an Harmonie und Stille! Außer mir niemand, der sie bewundert. Kummer und Schmerz: allein. Aber Genuß: nur geteilt.

175

Den Schriftstellern wird vorgeworfen, sie hätten eine Neigung zu düsteren, traurigen, dramatischen, schmutzigen Themen und nie oder fast nie zu glücklichen Themen. Ich glaube nicht, daß dies das Ergebnis einer Vorliebe ist, sondern die Unmöglichkeit, eine Klippe zu umschiffen. Das Glück nämlich läßt sich nicht beschreiben, man kann das Glück nicht deklinieren. Daher enden populäre Erzählungen und Kindermärchen immer – einschließlich nordamerikanischer Happy-end-Filme – mit einer Formel dieser Art: »Sie heirateten und wurden sehr glücklich.« Hier hält der Erzähler an, da er weiter nichts zu erzählen hat. Wo das Glück beginnt, beginnt das Schweigen.

176

Die Beharrlichkeit des Meeres, etwas Lästiges loszuwerden. Fast eine Stunde lang drängt es einen großen roten Gegenstand dem Strand zu, einen Tisch vielleicht oder einen Stuhl, der aus einem Schiff gefallen ist. Er schien bereits zu stranden, da hob ihn die Flut wieder hoch, wiegte ihn eine Weile, trieb ihn abermals dem Strand zu, griff ihn erneut auf, ein ums andere Mal, bis zur Beklemmung. Da änderte der Wind die Richtung und das Meer die Strömung, und der Gegenstand entfernte sich vom Ufer, bis er verschwand. Empfindung wie von jemandem, der eine Botschaft hätte vermitteln wollen und am Ende doch schwieg.

177

Nicht wie ein Monarch im Kreis von Höflingen, Ärzten, Prälaten und Notaren sterben; auch nicht wie ein Familienvater unter dem Beistand von Frau, Kindern und Anverwandten; nicht einmal vor Kollegen und Angestellten mitten in der täglichen Arbeit; schon gar nicht, wie vom Blitz getroffen, auf der Straße, zwischen neugierigen, flüchtenden oder erschrockenen Passanten. Wie ein verwundetes Tier im dichtesten Holz sterben, im Herzen des dunklen Waldes, allein, wo keine Hoffnung auf irgend jemandes Hilfe oder Mitleid ist.

178

Über das graue, kahle Felsplateau von Carboneras gleitet fern im dämmernden Morgen ein dunkler Fleck, begleitet von Schellenmusik. Es ist kein Traum, keine Halluzination. Lediglich eine Ziegenherde. Er weitet sich aus, je näher er kommt, die Schellen klingen lauter. Hinter ihr stößt ein Hirt altüberlieferte Rufe aus. Die Herde zieht die Straße entlang, aber nach einer kurzen Strecke klettert sie den steilen Hügel hinauf. Die Ziege strebt bergauf. Und der Ziegenhirt auch.

179

Wenn es einen sehr heißen Sommer, ein sehr starkes Gewitter, einen verheerenden Waldbrand gibt, pflegt man zu sagen, daß »nicht einmal die ältesten Menschen am Ort« so etwas je erlebt hätten. Falsch. Alle Welt hat die gleichen Dinge gesehen, die gleichen Katastrophen erlebt. Es verhält sich vielmehr so, daß die alten Leute das Gedächtnis verloren haben, und die Welt auch.

180

Ich glaube nicht, daß man, um zu schreiben, auf Abenteuersuche gehen muß. Das Leben, unser Leben ist das einzige, das größte Abenteuer. Die Tapete an einer Wand, die wir in unserer Kindheit gesehen haben, ein Baum im Abendlicht, der Flug eines Vogels, jenes Gesicht, das uns in der Trambahn überraschte, können wichtiger für uns sein als die großen Weltereignisse. Wer weiß, vielleicht bleibt uns, wenn wir eine Revolution, eine Epidemie oder unsere schlimmsten Schicksalsschläge vergessen haben, die Erinnerung an die Wand, den Baum, den Vogel, das Gesicht. Und wenn sie bleiben, dann deshalb, weil etwas sie denkwürdig machte, etwas Unvergängliches in ihnen war. Und die Kunst ernährt sich allein von dem, was weiterschwingt in unserem Gedächtnis.

181

Oh, die Bücher, sie wissen so viel und sind so still! Nachts, wenn ich mit dem Blick die Regale meiner Bibliothek durchgehe und sie still hinter den verschiebbaren Glasscheiben aufgereiht sehe, sage ich mir: Wie unhörbar rufen sie, damit einer sie zu sich ruft! Ich bin der *Quijote*, scheint einer zu sagen, und bin in Rindsleder gebunden! Ich bin Balzac und habe die beste *Menschliche Komödie* geschrieben! Ich bin Shakespeare, zweisprachig, und biete dir, was du willst! Und angesichts dieser Bitten bleibt man ganz ungerührt. Morgen, sage ich zu ihnen, morgen werde ich mich um euch kümmern, bleibt nur ruhig, wo ihr seid, morgen. Arme Bücher! Arme Genies! Morgen, ja, aber heute vor dem Schlafengehen greife ich nach der erstbesten Illustrierten, die mir unter die Hand kommt.

182

Der geniale Künstler verändert nicht die Realität, er verändert unseren Blick. Die Realität bleibt die gleiche, aber wir sehen sie durch sein Werk, das heißt, durch eine andere Linse. Dank dieser Linse gelangen wir zu Graden von Komplexität, Sinn, Subtilität oder Leuchtkraft, die hier, in der Realität, vorhanden waren, die wir aber nicht wahrgenommen haben.

183

Abends, das Haus einsam; ich ging in den Garten. Der kraftlose Wein an der Laube. Die Rebstummel, hochwachsend an der Mauer. Der Rasen von Dahlien gesäumt. Die alten, ungepflegten Zypressen ungleichmäßig geschnitten, Spinnweben zwischen den Ästen. Die einsame Magnolie. Der Schatten der Eukalyptusbäume, in deren Laub ein Cuculí singt. Ein, zwei Sterne am noch hellen Himmel. Die Glocke im Park, fern. Im Gras gelbe Spuren von alten, oft gegangenen Schritten. Laue herbstliche Brise. Frieden, Fülle. Und du bist nicht da, bist nicht mehr.

184

Einer schreibt zwei oder drei Bücher, dann verbringt er sein Leben damit, Fragen zu diesen Büchern zu beantworten und Erklärungen über sie abzugeben. Was beweist, daß sich die Leute ebenso, wenn nicht mehr für die Ansichten des Autors über seine Bücher interessieren als für seine Bücher selbst. Und hauptsächlich deshalb schreibt er keine neuen Bücher mehr oder nur noch Bücher über Bücher. Um dieser Gefahr zu begegnen, darf man nie aus dem Auge verlieren, daß es für ein gutes Werk keine Erklärung, für ein schlechtes keine Entschuldigung und für ein mittelmäßiges kein Interesse gibt. Kommentare sind folglich überflüssig.

185

Die großen vorsintflutlichen Arten werden nicht nur getrocknet in den Museen für Naturgeschichte aufbewahrt. Verborgen leben sie in unseren Zügen weiter. Das hübsche einsame Mädchen im Café *Select* gähnt, da es sich unbeobachtet glaubt, und auf ihrem Gesicht, sehe ich, kommen die Züge des Tyrannosauriers zum Vorschein.

186

Wir kennen uns wenig, kennen uns nie. Mit einem Mal geschieht etwas in unserem Leben, und wir sehen Kräfte, Gefühle, Triebe hervortreten, die wir nie in uns zu haben glaubten: Neid, Eifersucht, Zorn, Ehrgeiz, Berechnung, Feigheit, Haß, Gewalttätigkeit. Ich mißtraute schon lange der Zuverlässigkeit des Gedächtnisses und der Unverrückbarkeit des Vergangenen, aber ich glaubte noch an die Kontinuität des Charakters. Nicht einmal sie ist uns sicher. Aus gelassenen Menschen können wir uns in aufgeregte, aus toleranten in fanatische, aus Engeln in Tiere verwandeln. Immer sind wir dem Unvorhersehbaren ausgesetzt. Nie werden wir aufhören, uns zu überraschen.

187

Diese über dem Warten und Erwarten verbrauchten Stunden – das Zimmer dunkel, ich rauchend, der Platz menschenleer –, diese der Ruhe, der Arbeit, dem Vergnügen entzogenen Stunden: niemand wird sie mir zurückgeben oder mich für sie entschädigen. Stunden ohne Gesellschaft, ohne Zeugen, nur ich kenne sie, tote Stunden, schlimmer als der Tod. Sie haben mich plattgewalzt, abgehobelt, in schmutziges Sägemehl verwandelt.

188

Die Worte, die wir nicht gesagt haben, sind die, die wir hätten aussprechen sollen. Die Gesten, die wir aus Schamhaftigkeit unterlassen haben, sind die, die wir hätten ausführen sollen. Die Taten, die uns trivial erschienen, waren die, die von uns erwartet wurden. Andere haben sie an unserer Stelle ausgeführt. Bezahlen wir also die Folgen.

189

Nein, es lohnt sich nicht, Mozarts Konzert für drei Klaviere auf eine Lautstärke zu stellen, daß die Wände beben und die Glastüren der Bibliothek klirren. Seine Intensität, sein Brio werden die Leid-Melodie, die in dir klingt, nicht übertönen.

190

Als ich heute morgen auf die Straße trat, die Januarsonne, die Wintersonne wie eine kriechende Kugel über den Dächern von Paris in der eisigen, durchsichtigen Luft. Armes bettelndes Gestirn, sagte ich mir, so strahlend im Sommer, so stolz und selbstsicher, und nun verdüstern dich Kräne und Schornsteine, und du blutest, ohne Mitleid zu erwecken, wie dein Herz, wie meines.

191

Um dahin zu kommen, wohin du gelangen mußt, die Straßen wählen, durch die nicht der eisige Nordwind bläst. Aber nur die Straßen, die an diesen Ort führen, sind vom eisigen Nordwind durchfegt.

192

Der Brief, den wir mit der größten Ungeduld erwarten, ist der, der niemals kommt. Wir tun im Leben nichts anderes, als auf ihn zu warten. Und nicht weil er abhanden gekommen oder vernichtet worden wäre, kommt er nicht bei uns an, sondern aus dem einfachen Grund, daß er nie geschrieben wurde.

193

Nein, die alte Münze, die du aufbewahrst, ist nicht jene, die bei der letzten Versteigerung diesen fabelhaften Preis erzielt hat. Deine ist die blatternarbige, in Serie hergestellte, entwertete, falsche, die, die einer nicht einmal nach Gewicht kaufen würde und die höchstens dazu taugt, daß man ihr einen Nagel durch die Mitte schlägt, um eine wacklige Tischplatte zu befestigen.

194

Heute mehr denn je möchte ich kapitulieren, meine Unterschrift unter die Seite setzen und mich von allem verabschieden. Grundlos noch dazu, denn der Tag war denkwürdig, wirklich frühlingshaft gewesen: Sonne, Licht, laue Luft, keine Beschwerden, Lust am Gehen, Atmen, Beobachten. Aber in Filigran eingewebt in meine Beschäftigungen und Vergnügungen eine Stimme, ein aus der Tiefe kommender Ruf, das Läuten einer Totenglocke: die Partie aufgeben mitten im Spiel, alles zum Teufel jagen, der Welt die Tür vor der Nase zuschlagen. Warum? Vielleicht, weil ich meine größte Elastizität erreicht habe, nichts Besseres mehr geben kann, als ich gegeben habe, nicht weiß, was ich tun soll unter den Menschen und Dingen, die um mich sind, es mich anödet, auch nur eine Zeile mehr zu schreiben, nichts eine dauerhafte Neugier in mir erweckt, es keine Wahrscheinlichkeit gibt, die mich zurückhält. Während ich scheinbar zerstreut über den Boulevard ging, hörte ich in mir den Kehrreim: »Es reicht, es reicht, bring etwas Ordnung in deinen Kram und geh, einfach, ohne Gruß und Verbeugung, wie der Statist, der seine Rolle mit Anstand gespielt hat.«

195

Paradox: mein Überleben beruht darauf, mich bis jetzt an »der Schwelle zur Gesundheit« aufgehalten zu haben. Ich bräuchte nur die Schwelle überschreiten und den vollen Genuß meines Organismus wiedergewinnen, damit das Leiden erneut zutage träte, das sich vorzugsweise an einem kräftigen Körper mästet. Die Gesundheit ist es, die mich zum Tode führen würde, und die Krankheit, die mich am Leben erhält.

196

Sich nicht beeindrucken, sich nicht leiten lassen vom Vergänglichen. Versuchen, daß jeder Entschluß vom Wesentlichen inspiriert ist. Also versuchen zu wissen, was das Wesentliche ist. Also versuchen, die Vernunft zu gebrauchen. Also versuchen, nicht auf die Gefühle zu hören, denn sie sind weder dauerhaft noch vernünftig. Also versuchen, unmenschlich zu sein.

197

In manchen Augenblicken erreicht das Leiden einen solchen Grad an Weißglut, daß man meinen möchte, es mache uns zu einem Kristall und wir würden dadurch unzerstörbar.

198

Noch hast du den Frühling nicht zu Ende gefeiert, und schon ist der Winter da. Wie deine Bücher, wirst du voller Errata bleiben, niemand wird dich verstehen. Ach, wärst du doch eines von diesen Sonnen- und Feuerdörfern gewesen, die von Sand eingeschlossen sind, unbeweglich, ewig unter der Sommersonnenhitze.

199

Nie habe ich die Welt begreifen können, und wenn ich sie verlasse, werde ich ein undeutliches Bild von ihr mitnehmen. Andere konnten – oder glaubten, sie könnten – die Rätsel der Welt zu Ende denken und haben es geschafft, die verborgene Figur zu erkennen; ich aber war mein Leben lang unter die verstreuten Teile gemischt, ohne zu wissen, wo ich sie hintun sollte. Leben wird demnach für mich darin bestanden haben, ein Spiel mitgespielt zu haben, dessen Regeln mir entgingen, folglich, die Lösung des Rätsels nicht gefunden zu haben. Deshalb war das, was ich geschrieben habe, ein Versuch, das Leben in eine Ordnung zu bringen und mir zu erklären: vergeblicher Versuch, gipfelnd im Ausarbeiten eines Inventars von Rätseln. Schuld ist vielleicht die Beschaffenheit meiner Intelligenz, die eine dissoziierende Intelligenz ist, schlau im Aufwerfen von Problemen, aber unfähig, sie zu lösen. Wenn ich eine Gewißheit erworben habe, dann ist es die, daß es keine Gewißheit gibt. Was eine gute Definition des Skeptizismus ist.

200

Die einzige Weise, am Leben zu bleiben: die Saite unseres Geistes gestimmt zu halten, den Bogen gespannt, die Zukunft im Auge.

Mircea Dinescu

Gute Literatur ist immer ein Ausnahmezustand.
Werner Söllner

Ein Maulkorb fürs Gras

Gedichte. Rumänisch und Deutsch.
Ausgewählt und übersetzt von Werner Söllner.
118 Seiten. Englische Broschur

»In Deutschland hörte man diese Stimme zum ersten Mal im Januar 1990, und zwar in der kongenialen Übertragung Werner Söllners. Und was man da hörte, war ein so konzentrierter, so lebendiger, so leidenschaftlicher Ton, wie man ihn kaum andeutungsweise vorher je vernommen hatte. Hier schrieb ein Lyriker über eine Welt des Stillstands, ein Leben der allergeringsten Bewegungen, der sparsamsten, unauffälligsten Biographie.

Das war eine Welt, in der das Augenblinzeln, die freiwillige Bewegung der Hand oder des Kopfes eine doppelte Überlegung wert waren, denn alles, was hier freiwillig getan wurde, kostete Kraft oder konnte zu gefährlichen Interpretationen Anlaß geben. Wer den Lyriker Mircea Dinescu verstehen will, muß eine Welt sich vorstellen, in der der geringste Hauch schon eine Gefahr ist. Denn aus dem geringsten Hauch, der mehr ist als ein Atmen, kann eine Stimme werden, aus ihr können Worte kommen, kann ein Satz, ein Aufruf, ein Protest oder ein Gedicht entstehen.«

Frank Schirrmacher, FAZ-Magazin